Elara Fleur

Herz aus roten Rosen

Lesbisch-Romantische Kurzgeschichte

Für alle Liebhaberinnen sapphischer Romantik.

Herz aus roten Rosen
Lesbisch-Romantische Kurzgeschichte

ELARA FLEUR

Ulrike

Es würde ein langer und arbeitsreicher Tag im Blumenladen »Duftende Rosen der Liebe«werden. Wie immer am Valentinstag.

Ulrike schaute über ihren Arbeitsplatz, der im hinteren Bereich des Verkaufsraumes stand, dessen gesamte Bodenfläche mit Blumen in Wassereimern voll gestellt war. Sie wischte sich ihre feuchte Stirn mit dem Handrücken trocken. Endlich hatte sie alle Eimer mit Blumen aufgebaut.

Mit einem zufriedenen Lächeln lehnte sie sich gegen die Holzleiste des Arbeitstisches und ließ ihren Blick prüfend über die Fläche gleiten. Es war perfekt. Genau so, wie es für den Valentinstag sein musste.

Sie seufzte und dachte kurz an ihre eigene, einsame Wohnung, in der auch heute kein Rosenstrauß stehen würde.

Hastig verdrängte sie den Gedanken wieder.

Es gab noch einiges zu tun, bevor sie die Türe aufschließen und den Blumenladen für den Tag öffnen konnte.

Sie öffnete eine der Pappschachteln, die sie auf den großen Arbeitstisch gestellt hatte. Darin lagen Blumenstecker, Dekodraht und weiteres Zubehör mit roten Herzchen, goldenen, ineinander verschlungenen Ringen und Kussmünder aus Plastik. Passend zum heutigen Tag.

Ulrike griff zuerst nach dem harten Plastik der Kussmünder und sortierte die Dekoration in eines der Kästchen am Rand des Arbeitstisches ein. Es musste genügend Arbeitsmaterial bereitstehen, um alle spontanen Wünsche für Blumensträuße erfüllen zu können. Zeit für lange Ausflüge ins Lager oder gar Einkäufe von Material hatte sie heute nicht. Die Drahtrollen lagen sauber aufgewickelt am

Tischrand in ihren Vertiefungen und die Scheren standen daneben in ihren Schachteln. Dazu legte sie jetzt den Dekodraht, der mit Herzchengirlanden verdrillt war. Die üblichen Dekorationselemente aus roten Herzen, kleinen Vögeln und Schmetterlingen waren an ihrem Platz. Manche glitzerten im hellen Lampenlicht. Sie füllte die letzten Materialien aus der Pappschachtel um und faltete sie dann zusammen.

Hastig eilte Ulrike mit dem Müll ins Lager. Vorbei an den vielen, bereits fertig gebundenen Sträußen, die bestellt waren. Viele Kunden hatten Blumensträuße vorbestellt. In der Hauptsache handelte es sich um mit Rosenduft besprühte, rote Rosen, die jetzt im Lagerraum im Wasser standen und darauf warteten, abgeholt zu werden. Ulrike hatte sie in den letzten Stunden alleine fertig gebunden, nachdem sich die Teilzeitkräfte Jonas für den Vormittag und Nicole für den Nachmittag krankgemeldet hatten.

Der weiche Stoff ihres T-Shirts rieb über ihre Oberarme. Im Lager war es kühler als im Verkaufsraum. Schnell warf sie den leeren Karton weg und kehrte in den Verkaufsraum des Blumenladens zurück.

Alles war bereit für einen neuen Arbeitstag.

Sie atmete tief ein und aus. Alleine am Valentinstag. Hoffentlich fand sie wenigstens ein paar Minuten in der Mittagszeit, um ihr belegtes Brot zu essen. Letztes Jahr hatte sie es, obwohl Kolleginnen da waren, beinahe nicht geschafft. Leider war es unwahrscheinlich, dass ihre Chefin kurzfristig Ersatz fand oder selbst mitarbeitete.

Der leichte, süße Duft von Nelken und Margeriten vermischt mit dem schweren, verführerischen Duft von noch mehr Rosen hüllte Ulrike ein. Sie atmete bewusst ein. Das half ihr, positiver auf den bevorstehenden Tag zu schauen.

Die Düfte füllten den Verkaufsraum genauso aus, wie die Kübel, in denen all diese Blumen im Wasser auf dem Boden und an den Seitenwänden auf Blumentreppen standen. Dazwischen hindurchzugehen, glich an manchen Stellen einem Weg durch ein Labyrinth.

Das Schaufenster zur Fußgängerzone hin war noch dunkel. Nur das künstliche Licht der Straßenlaternen fiel herein. Der Wintermorgen war trübe, wie es sich für einen Februar gehörte. Im Laufe des Tages sollte es schöner werden. Etwas, was noch mehr spontane Kunden bringen würde. Die Dekoration aus roten Plastikherzen, pinken Luftschlangen und kleinen Rosensträußen im Schaufenster würde sie anlocken.

Ulrike atmete aus.

Wenn sie sich nicht konzentrierte, nahm sie den schweren Duft gar nicht mehr wahr. Genauso wenig wie die vielen Schritte, die sie schon gegangen war, um die Dekoration anzubringen und alle Blumenkübel erst mit Wasser und dann mit den bunten Blüten zu füllen. Sie stemmte ihre Hände in den Rücken. Sie neigte ihren Kopf von rechts nach links, um ihren Nacken zu dehnen, und wackelte mit den Zehen in ihren Schuhen.

Sie griff nach einem Stab, auf dessen Ende ein glitzernder Schmetterling steckte. Sie würde noch ein paar Frühlingssträuße binden, bevor die ersten Kunden kamen. Die gingen immer weg.

Langsam wanderte Ulrike zwischen den Eimern hindurch und ließ sich inspirieren. Das ständige Bücken strengte körperlich an. Sie würde heute Abend wieder jeden Knochen spüren können, wenn sie alleine zu Hause in ihrem Bett lag und von einer Partnerin träumte.

Jeder andere Feiertag, an dem viele Blumen verschenkt wurden, war in Ordnung für Ulrike, aber nicht der Valentinstag, der sie mit ihren achtundzwanzig Jahren wieder an ihre Einsamkeit erinnerte. Sie wünschte sich eine Freundin, die ihr Rosen schenkte und sie mit Aufmerksamkeiten zum Valentinstag verwöhnte.

Ulrike bückte sich und zog eine gelbe Tulpe aus einem Eimer.

Gefunden hatte sie diese Frau fürs Leben bisher nicht. Weder über Dating-Portale noch Dating-Apps, noch in Clubs für Frauen oder auf anderen Veranstaltungen. Geschweige denn bei der Arbeit.

Wie ihre fünf Brüder sie, absolut nicht hilfreich, immer wieder daran erinnerten, war das ihre eigene Entscheidung. Wenn sie ein bisschen Interesse an einem Mann zeigen würde, würden diese ihr mit Freuden viele hübsche Exemplare aus ihrem Freundeskreis vorstellen.

Ein Angebot, das Ulrike ihnen sofort abnahm, aber nicht annahm.

Männer waren ihr zu eckig, rochen herb und interessierten sie ganz einfach nicht. Frauen dagegen hatten schöne Stimmen, weiche Rundungen und sie dufteten wie die vielen Blumen im Laden: einladend, süß und verführerisch.

Sie ging um eine Kurve und fügte eine rosarote und eine schachbrettfarbene Tulpe zur gelben in ihrer Hand hinzu.

Vermutlich würde der eine oder andere ihrer fünf Brüder heute im Blumenladen vorbeikommen, um ihr einen Freund vorzustellen. Sie waren wirklich nett, ihre Brüder. Immer um sie besorgt, immer darauf bedacht, sich um sie zu kümmern. Aber eine hübsche Frau wollten sie ihr nicht vorstellen.

Sie zog ihr Smartphone heraus und tippte in den Geschwisterchat: »Kein Bedarf an Männern heute.«

Es war unwahrscheinlich, dass ihre Brüder sich davon abhalten lassen würden. Aber es war einen Versuch wert.

Ulrike ging im Kreis herum, durch die gewundenen, schmalen Wege im Verkaufsraum weiter und nahm noch mehr Tulpen in verschiedenen Farben in ihren Strauß, bis sie wieder an ihrem Arbeitstisch angekommen war. Aus einem Eimer an der Seite nahm sie grüne Tulpenblätter, die sie als Rahmen um die Blüten legte, bevor sie alles mit dem Blumendraht zu einem Strauß band. Zufrieden betrachtete sie ihr Werk. Es war ein farbenfroher Frühlingsstrauß. Einer, der vor guter Laune sprühte.

Ulrike betrachtete den Strauß und dachte an die Begründung ihrer Brüder: Konkurrenz.

Ulrike schüttelte, wie jedes Mal, den Kopf über diese sinnlosen Ängste und Bedenken. So wie jede Blüte anders war, so hatte doch jede Person andere Wünsche.

Ihre Brüder ließen sich davon nicht überzeugen. Aus deren Sicht war jede Frau eine potenzielle Partnerin. Das galt selbst dann, wenn diese sich nur für Frauen interessierte. Immerhin akzeptierten ihre Brüder Ulrikes Wünsche insofern, als sie weiter miteinander redeten. Ganz im Gegensatz zu ihrer alten Schulfreundin Rita, die sich endlich getraut hatte, zu Hause auszuziehen und sich auf den ersten Blick in ihre Mitbewohnerin im Studentenwohnheim verliebt hatte. Den Eltern und Geschwistern hatte Rita, zumindest bei Ulrikes letztem Telefonat mit ihr, nichts davon erzählen wollen.

Ulrike stellte den Blumenstrauß in einen Wassereimer, strich sich über ihre blonden Locken und prüfte, dass alle Strähnen noch fest in ihrem Pferdeschwanz zusammengebunden waren. Nichts war ärgerlicher bei der Arbeit, als in Blumendraht verhedderte Haarsträhnen, welche die Arbeit zunichtemachten und schmerzhaft an ihrer Kopfhaut rissen.

Ihr Smartphone vibrierte. Sie las die Antworten ihrer Brüder: »Natürlich kommen wir dich besuchen.« - »Wo sonst, als bei dir, sollen wir unsere Blumen heute kaufen?« - »Guter Witz.«

»Dann dürft ihr verkaufen, während ich Mittagspause mache«, schrieb Ulrike zurück.

Ihre Brüder schickten ihr lachende Smileys.

Ulrike verdrehte die Augen und steckte ihr Telefon weg. Es war einen Versuch wert gewesen, sich diese Diskussion zu ersparen. Andererseits freute sie sich fast schon darauf, ihre Brüder zu sehen.

Es war immer lustig mit ihnen.

Sie sah sich im Laden um. Alles war bereit. Die runde Uhr an der Seitenwand zeigte eine Minute vor zehn. Die Straßenlaternen vor dem Schaufenster waren erloschen, und das Tageslicht fiel durch die Dekoration herein. Zeit, die Eingangstüre für die Kunden zu öffnen. Der erste Kunde, in einem dunkelblauen Anzug, stand schon davor.

Ulrike setzte ein Lächeln auf. Sie nahm den Schlüssel vom Haken an der Wand und ging zügig durch das Labyrinth aus Blumen in Wassereimern zur Türe.

Den Mann kannte sie bereits. Er kam einmal die Woche und kaufte einen Strauß rosa Rosen für seine Frau, mit der er seit zwanzig Jahren glücklich verheiratet war. Das hatte er ihr erzählt, als er für seinen Hochzeitstag rote statt rosafarbener Rosen ausgewählt hatte.

Sie drehte den Schlüssel im Schloss herum, schwang die Tür auf und sagte: »Guten Morgen und herzlich willkommen bei den duftenden Rosen der Liebe.«

Der Name des Blumenladens war wunderschön. Aber eben nicht am Valentinstag. Dabei hatte sie sich letztes Jahr fest vorgenommen, dieses Jahr am Valentinstag Urlaub zu nehmen. Wie hatte sie das nur vergessen können? Am besten, sie schrieb es sich für nächstes Jahr gleich in den Kalender, damit ihr das nicht wieder passierte.

»Guten Morgen, Ulrike«, sagte der Mann und trat ein.

Wie alle anderen Floristinnen, die hier arbeiteten, trug Ulrike ein grünes Poloshirt, das rechts über der Brust ihren aufgestickten Vornamen zeigte. Für die Kundenbindung oder so ähnlich.

Statt nach ihrem Smartphone in der Hosentasche zu greifen und sich eine Erinnerung zu schreiben, konzentrierte Ulrike sich auf den Mann und fragte: »Ein Strauß rosa Rosen, wie immer? Oder steht Ihnen heute der Sinn nach roten Rosen für den Valentinstag?«

»Ein gemischter Strauß, bitte. Rot und Rosa.«

Der Mann lächelte sie freundlich an.

Ulrike holte Rosen in beiden Farben. Sie atmete ihren süßen Duft ein, steckte für die Ausgewogenheit ein paar Zweige mit grünen Blättern und einen Stab mit einem roten Herz dazu und wickelte den Strauß sorgfältig ein.

Kaum dass der Mann bezahlt hatte und gegangen war, kamen bereits die nächsten Kunden. Laufkundschaft, die sich umsah und spontan auswählte oder beraten werden wollte. Von Studenten in Jeans, über Geschäftsleute im Anzug, bis zu Rentnern in gemütlichen Stoffhosen war alles dabei. Nur keine hübsche Frau.

Ulrike war gut beschäftigt mit dem Binden von Sträußen, dem Empfehlen von Blumen und dem Herausgeben von Vorbestellungen. Gleichzeitig behielt sie die Türe und die Kunden aus den Augenwinkeln im Blick. Immer bereit, Fragen zu beantworten und einzuschätzen, wo sie als Nächstes gebraucht wurde. Inzwischen war es eine Erfrischung, in den kühlen Lagerraum gehen zu können und einen bestellten Strauß zu holen. Im Blumenladen wurde es mit den zunehmend hereinfallenden Sonnenstrahlen immer wärmer. Trotzdem war es ein kalter Februar und ständig ging die Türe auf und zu.

Ulrike war so konzentriert bei der Arbeit, dass sie Stefan unter den Kunden erst erkannte, als er sie direkt ansprach.

»Schwesterherz, guten Morgen«, sagte Stefan und tippte ihr mit der Fingerspitze auf die Nase. »Tauche auf aus deinem Blütenmeer und schaue, wen ich dir mitgebracht habe.«

Ulrike sah auf. Stefan, wie immer im Anzug, mit offener Winterjacke im warmen Blumenladen und vermutlich auf dem Weg zur Arbeit, stand selbstgefällig lächelnd vor ihr. Um ihn herum standen weitere Kunden. Viel Zeit zum Plaudern hatten sie beide nicht.

»Guten Morgen, Stefan. Ich sehe niemanden, außer dir«, sagte Ulrike und zwinkerte ihm zu. Sie liebte ihr Geplänkel. Dann schaute sie wieder auf die Blumen hinunter, die sie gerade für einen jungen Mann zu einem Strauß zusammenband. Der knetete seine Strickmütze zwischen den Händen, als hätte er es sehr eilig.

»Gleich fertig«, sagte sie zu ihm hinüber.

Sie zog einen Bogen Papier zum Einwickeln aus dem Fach unter der Tischplatte heraus. Raschelnd schlug sie den Strauß ein. Ihr Bruder schwieg und schaute ihr beim Arbeiten zu. Dabei tappte er rhythmisch mit dem Schuh auf den Boden. Ein Tick, den sie von ihm bereits kannte und der sie nicht mehr in Hektik versetzen konnte. Dafür hatte er ihn zu oft angewandt. Außerdem war sie bei der Arbeit und nicht bei einem Familientreffen.

»Bitte sehr. Ihr Strauß.«

Ulrike hielt den Frühlingsstrauß hoch, reichte ihn weiter und kassierte.

Sie sah sich im Laden um.

Ein Pärchen stand vorne am Eingang, bei den fertig gebundenen Sträußen für Spontankäufen. Die beiden schienen noch darüber zu diskutieren, welcher Strauß am schönsten war. Da war Abwarten besser als sofort hinübergehen. Sonst stand im Moment nur noch ihr Bruder vor ihr.

»Wen hast du mir mitgebracht?«, fragte Ulrike und verschränkte die Arme vor der Brust. Mitgebracht hieß in der Regel, sie musste einem Mann einen Korb geben. Gerade hatte sie genug zu tun, auch ohne extra auf männliche Gefühle Rücksicht nehmen zu müssen. »Ich sehe niemanden.« Immerhin. Vielleicht, zur Abwechslung, eine Anspielung auf sich selbst.

Stefan breitete seine Arme aus und zog sie über ihren Arbeitstisch hinweg, in eine Umarmung. »Bin ich etwa nicht genug?«

Lachend umarmte Ulrike ihren Bruder und löste sich dann aus seiner Umarmung. Sein Bart, obwohl frisch rasiert, kratzte an ihrer Wange und sein Aftershave war ihr zu herb. Sosehr sie ihn auch mochte, mit einer Armlänge Abstand war er ihr lieber. Sie zog ihr Poloshirt wieder glatt.

Wie schön, ihr Bruder hatte endlich verstanden, dass sie nicht verkuppelt werden wollte.

»Brauchst du einen Blumenstrauß für deine neue Assistentin, von der du an Weihnachten erzählt hast?« Ulrike lächelte erleichtert und zwinkerte ihm zu. »Ich habe hier wunderschöne, ineinander verschlungene Ringe, die ich als Dekoration in den Strauß binden kann.« Ulrike deutete auf die Schachtel am Rand des Arbeitstisches, in die sie diese einsortiert hatte. Bisher hatte noch kein Kunde Ringe als Deko gewollt. Ob dieses Jahr keine Anträge gemacht wurden?

Stefan schüttelte den Kopf, drehte sich zur Türe und winkte hinaus.

»Du weißt doch, Heiraten ist nichts für mich.«

Ulrike sah in die gleiche Richtung. Aus dem Strom von Passanten und Leuten auf dem Weg zur Arbeit löste sich eine Person mit einer grünen Winterjacke. Beim Eintreten knöpfte er sie auf. Ein weißes Hemd wurde sichtbar. Die kurzgeschnittene, braunhaarige Männerfrisur und eine blaue Krawatte, passend zur schwarzen Hose, vervollständigten die Erscheinung. Das war kein Mann für sie.

Warum nur konnten weder Stefan noch ihre anderen Brüder das nicht sein lassen?

»Ich glaube doch, dass du die Eheringe brauchst«, sagte Ulrike, nur, um Stefan damit zu ärgern. Schließlich konnte er es ja auch nicht sein lassen.

»Warum stellst du ihn nicht unseren Brüdern als Partner vor?«, fragte Ulrike genervt. »Finde eine süße Frau für mich und ich denke darüber nach, wenigstens zu einer Verabredung mitzugehen.«

Stefan zog seine Augenbrauen zusammen und blickte sie finster an. Dann lächelte er wieder und drehte sich halb zu dem Mann um, der sich durch die letzten Windungen des Blumenlabyrinths schlängelte. Vorne bei der Ladentüre sah Ulrike weitere Passanten eintreten. Es schien, als würden sie gemeinsam mit dem jungen Paar einen der fertigen Sträuße aussuchen wollen.

»Darf ich vorstellen? Julius, mein neuer Assistent und auf der Suche nach einer Frau fürs Leben«, sagte Stefan.

Ulrike verdrehte die Augen und schaute zur Decke hinauf. Die war weiß gestrichen, bot aber keine Antwortidee für eine höfliche Absage.

Sie musterte Julius.

»Der ist jünger als ich«, sagte Ulrike.

Stefan nickt.

»Stimmt. Ein Jahr jünger als du.« Stefan strahlte und klopfte Julius auf die Schulter. »Genau das Richtige für dich. Ein Mann, um den du dich kümmern kannst, keiner, der älter ist und schon weiß, was er will.«

»He!«, protestierte Julius und sah mit seiner gerunzelten Stirn und den zusammengepressten Lippen so aus, als würde er sich eine passende Antwort verkneifen.

»Idiot«, sagte Ulrike, gab Stefan eine Kopfnuss und drehte sich weg. »Die Kundschaft wartet.«

Schnell ging sie um ihren Arbeitstisch herum und auf das Pärchen bei den fertig gebundenen Sträußen zu. Die anderen Passanten waren bereits wieder gegangen. Dort würde ihre Anwesenheit sicher nützlich sein, wenn sie bisher noch nichts gefunden hatten. Wenn nicht, dann verschaffte sie sich Zeit zum Nachdenken.

Sie wollte sich nicht weiter mit dem Unfug ihres Bruders abgeben. Seine Wahl wurde immer schlechter. Die letzten Männer waren immerhin an ihr interessiert gewesen, hatten ihrem Ego geschmeichelt. Julius dagegen war ganz offensichtlich überrascht und kein bisschen an ihr interessiert. Immerhin musste sie ihm keine Absage erteilen. Er würde von selber gehen.

Ulrike beriet nicht nur das Paar, das einen bunten Strauß kaufte, sondern noch weitere Passanten. Als sie das nächste Mal aufsah, war Stefan verschwunden. Julius stand am breiten Arbeitstisch und wartete. Er folgte jedem ihrer Schritte mit seinem Blick. Drei Kunden später stand er immer noch da.

Ulrike holte tief Luft, atmete den Duft einer Nelkenblüte ein, um sich zu beruhigen, und ging zu Julius hinüber.

»Du hast einen netten Bruder«, sagte Julius.

Ulrike nickte.

Sie sortierte, ohne aufzusehen, das Bargeld aus den Blumenverkäufen an der Türe in die Kasse ein. Wollte Julius das Eis brechen und etwa doch etwas mit ihr anfangen? Sie konnte sich gerade noch davon abhalten, die Augen zu verdrehen. Julius hatte ihr nichts getan. Stefan dagegen schon!

»Nett, aber unfähig zu akzeptieren, dass ich an Männern nicht interessiert bin.«

Direkte Absage. Sie hatte keine Lust heute, wo sie sich sowieso schon einsam fühlte, noch lange zu plaudern, wenn sie ihn nur loswerden wollte.

Julius grinste unbeeindruckt.

Ulrike schloss die Geldschublade an der Kasse.

»Kein Problem. Ich will lieber Stefan als dich in meinem Bett.«

Ulrike riss die Augen auf und starrte Julius an.

Das war etwas Neues!

Hatte sie richtig gehört? Der Assistent ihres Bruders wollte ihren Bruder verführen?

»Viel Erfolg«, murmelte Ulrike. Dass Stefan sich auf Julius einließ, nachdem er in den letzten Jahren zu jedem Familienfest eine andere, weibliche Schönheit mitgebracht hatte, das konnte sie sich nicht vorstellen.

»Hast du es ihm schon gesagt?«, fragte Ulrike weiter.

Julius schüttelte den Kopf.

»Ich musste erst meine Probezeit überstehen«, sagte Julius, als wäre es selbstverständlich, sich ein paar Wochen zurückzuhalten und dann den Chef zu verführen.

Ulrike kicherte. Zu gerne würde sie zusehen, was Stefan sagte, wenn Julius anfing, ihm schöne Augen zu machen. Über seine Schulter hinweg sah sie weitere Kunden in den Laden treten.

»Kannst du mir einen Blumenstrauß aus seinen Lieblingsblumen binden?«, fragte Julius und lenkte Ulrikes Aufmerksamkeit wieder auf sich. »Ich werde nicht so schnell aufgeben.«

Das klang richtig kämpferisch.

Ulrike nickte. Natürlich würde sie Julius helfen.

»Dafür kommst du wieder vorbei und erzählst mir, wie es gelaufen ist. Ok?«

Julius nickte.

Ulrike grinste und rieb sich freudig die Hände. Das würde lustig werden. Auch, wenn Julius keine Chance hatte. Sie würde ihn hinterher wieder aufrichten und zum Essen einladen, damit sein Ego nicht dauerhaft von Stefan beschädigt wurde. Das war es ihr wert.

Sie überlegte. Stefan verschenkte immer rote Rosen. Aber nie zweimal an die gleiche Frau. Warum auch immer, hielt keine seiner Beziehungen länger, als es dauerte, bis ein Blumenstrauß verwelkt war.

»Wie wäre es mit einem Frühlingsstrauß? Tulpen in den Regenbogenfarben?«, fragte Ulrike. »Lieblingsblumen hat Stefan bisher keine und rote Rosen wirst du kaum schenken wollen, oder?«

Julius grinste und schüttelte den Kopf. Offensichtlich erheiterte ihn der Gedanke.

»Rote Rosen schenke ich ihm zu unserer Hochzeit«, sagte Julius und lachte.

Da war jemand aber selbstsicher!

Gegen ihren Willen fiel Ulrike in Julius' Lachen ein. Es tat gut, mit jemandem gemeinsam über ihren Bruder Witze zu reißen, dem sie nicht gleich eine Abfuhr erteilen musste.

»Dann ein Regenbogen aus Tulpen«, sagte Ulrike. Der bunte Tulpenstrauß, den sie vor der Öffnung des Blumenladens gebunden hatte, war bereits verkauft. Sie nahm sich eine glitzernde Fee auf einem Stab und ging zwischen den Kübeln mit Blumen hindurch, um die Blüten für Julius' Strauß zusammenzusuchen.

Rot, Orange und Gelb hatte sie schon in der Hand. Für Grün würde sie Blattwerk verwenden. Fehlten noch Lila und Rosa.

Sie ging vor den Kübeln in die Knie und griff nach dem Stängel einer lilafarbenen Tulpe. Über ihre Finger legten sich plötzlich lange Finger mit rot lackierten Fingernägeln und griffen gemeinsam mit ihr um den Stängel. Warme, weiche Haut berührte ihre eigene an der Seite ihres Zeigefingers und löste nicht nur Überraschung, sondern ein unerwartetes, überraschendes, warmes Kribbeln in ihr aus.

Ulrike blinzelte.

Hatte sie sich das gerade eingebildet?

Nein, die fremden Finger mit den rot lackierten Nägeln, die an dunkelrote Rosenblütenblätter erinnerten, lagen immer noch auf ihrer Hand. Warm, weich und als ob sie dort hingehörten. Was sie genau gar nicht taten! Niemand außer den Floristinnen nahm lose Blumen aus den Kübeln!

Ulrike drehte den Kopf und sah hoch. Den harten Stängel der Tulpe in ihrer Hand hielt sie weiter fest.

Sie folgte mit ihrem Blick dem Arm, der in einer warmen Daunenjacke steckte, weiter hinauf zu einem Gesicht mit funkelnden, braunen Augen. Umrahmt von kleinen, braunen Löckchen. Lange, glitzernde Ohrringe funkelten im Lampenlicht.

Da stand eine wunderschöne Frau stand, halb über sie gebeugt, hinter ihr und lächelte sie an.

Ulrikes Herz pochte schneller und ihre Lippen wurden trocken.

»Hier gibt es keine Selbstbedienung«, sagte Ulrike freundlich, aber bestimmt. Sie war bei der Arbeit. Sie musste professionel handeln.

In den Augen dieser Frau könnte sie sich verlieren, dachte sie, und schob den Gedanken hastig wieder von sich. Eine Frau mit Diamantohrringen würde sich niemals für eine Floristin interessieren.

»Natürlich«, antwortete die Frau, ohne die Tulpe oder Ulrikes Hand loszulassen.

Sie klang ebenfalls freundlich, aber entschlossen.

»Es ist nur, diese Tulpe gefällt mir am besten von allen. Darf ich sie bitte kaufen?«, fragte die Frau.

Ulrike beobachtete fasziniert das Mienenspiel der Frau, das von freundlich lächelnd zu flehentlich bittend gewechselt hatte.

Das warme Kribbeln an ihrer Haut durch die winzige Berührung erschwerte Ulrike das Denken. Sie atmete tief durch. Die parfümierte Tulpe erinnerte sie sehr gut daran, dass sie bei der Arbeit war. Ihre Knie, die nicht länger in gehockter Haltung sein wollten, protestierten mit schmerzenden Muskeln. Das hier war kein Flirt und die Frau mit den beeindruckenden, roten Fingernägeln und dem wunderschönen Lächeln war nicht an ihr interessiert, sondern nur an der Tulpe.

Ulrike schluckte die Enttäuschung herunter und konzentrierte sich wieder auf ihre Arbeit. Ihre Arbeit und die Regeln im Blumenladen.

Als ob eine einzelne Blüte einen Unterschied machte!

Kunden waren seltsam. Allerdings war das nicht der absurdeste Wunsch, den Ulrike je gehört hatte.

Sie zuckte mit den Schultern.

»Gerne«, sagte Ulrike, hob die lila Tulpe aus dem Kübel und ließ sie los. »Bitte einmal festhalten, ich mache diesen Strauß fertig und komme dann zu Ihnen.«

Die Frau nickte. Sie hielt die Tulpe weiter fest und strich mit den Fingern ihrer anderen Hand über den Stängel.

Ulrike sah ihr dabei zu. War es Zufall, dass das genau die Stelle war, die sie selbst gerade noch festgehalten hatte?

Natürlich nicht!

Ulrike schüttelte über sich selbst den Kopf und konzentrierte sich auf ihre Arbeit. Sie nahm eine andere lila Tulpe aus dem Kübel, holte die noch fehlende, rosa Tulpe und das grüne Blattwerk. Zurück an ihrem Arbeitstisch band sie die Tulpen mit Blumendraht zu einem frohen Frühlingsstrauß zusammen.

»Viel Erfolg, Julius«, sagte Ulrike zum Abschied und sah ihm nach, wie er den Laden verließ.

Ulrike strich sich mehrfach ihr grünes Poloshirt glatt. Dann wandte sie ihre Aufmerksamkeit wieder der Frau mit den langen, schlanken Fingern zu, welche die lila Tulpe weiterhin festhielt. Ihre braunen Augen beobachteten sie. Ulrike hatte ihren Blick die ganze Zeit, seit sie ihr die Tulpe überlassen hatte, auf sich gespürt.

Der Valentinstag, überlegte Ulrike, verleitete die Leute dazu, sich seltsam zu verhalten. Auch sie selbst. Sonst würde sie nichts in die Tatsache hineininterpretieren, dass diese fremde Frau mit den funkelnden Ohrringen immer noch den Tulpenstängel an der Stelle sacht streichelte, die Ulrike selbst berührt hatte.

Ingrid

Ingrid hielt den stabilen, fein behaarten Stängel der Tulpe zwischen ihren Fingerspitzen fest.

Eine lila Tulpe war nun wirklich nicht das, was sie hier kaufen sollte. Ihr Chef hatte einen Blumenstrauß vorbestellt. Den musste sie abholen und schnellstens zurück an ihren Schreibtisch kommen, um die Rechnungen, die heute mit der Post gekommen waren, in der Buchhaltungssoftware zu erfassen.

Trotzdem konnte sie sich nicht von dieser Blume losreißen. Besser gesagt, sie konnte nicht aufhören, die Floristin zu beobachten, wie sie den bunten Tulpenstrauß einwickelte. Dabei hörte sie nicht auf, den Stängel der Tulpe zu streicheln. Ihr Herz klopfte viel zu schnell.

Normalerweise machte Ingrid ihre Arbeit Spaß. Aber Sonderaufträge, wie das Abholen von Blumensträußen, nervten sie. Das war nicht ihr Job, sondern der einer Assistentin. Eine Assistentin, die heute krank war. Wieder einmal. Wie so oft, wenn sie einen neuen Freund hatte.

Ingrid seufzte, hielt die Tulpe fester und strich mit den Fingerspitzen über die Stelle, an der die Floristin den Stängel festgehalten hatte. Die Wärme ihrer Finger war inzwischen verflogen.

Ingrid hatte den Laden betreten, die Frau gesehen, die vor den Blumenkübeln in die Knie gegangen war, mit ihrem grünen Poloshirt, dem blonden Pferdeschwanz, dessen Ende sich leicht kringelte, und den bunt leuchtenden Tulpen in der einen Hand.

Sie sah so schön, so anmutig, so bezaubernd aus, dass es Ingrid den Atem nahm und ihr Herz schneller schlagen ließ. Dabei hatte sie erst den Rücken der Frau gesehen.

Aus einem Impuls heraus war sie hinübergegangen und hatte nach der gleichen Tulpe gegriffen und ihre Hand berührt. Eine weiche, warme Frauenhand. Sie hatte es geschafft, nicht spontan darüber zu streicheln. Das wäre auch etwas übergriffig. Trotzdem juckte es Ingrid immer noch in den Fingerspitzen, wenn sie daran dachte, wie sie die Floristin berührt hatte. Das war ein ganz und gar untypisches Gefühl für sie. Sollte sie sich über sich selbst Sorgen machen?

Ihr Herz schlug immer noch viel schneller als sonst. Nicht wegen der Tulpe, sondern wegen der Frau. Dabei war die Wahrscheinlichkeit, dass die Floristin single und an Frauen interessiert war, statistisch gesehen schlecht. Trotzdem hatte Ingrid dem Impuls nachgegeben und hatte um genau diese Blüte gebeten.

Immerhin hatte die Floristin sie angesehen und mit ihr gesprochen. Rein geschäftlich natürlich. Viel lieber, erkannte Ingrid, hätte sie warme Worte von der Floristin gehört.

Deren Stimme, als sie mit Ingrid gesprochen hatte, war süßer als der Blütenduft, der den Raum erfüllte. Ihre Augen klarer als ein ruhiger See an einem warmen Sommertag und ihr Lächeln so verführerisch, dass niemand ernsthaft auf die Idee kommen würde, ihr etwas abzuschlagen. Die Finger der Floristin unter Ingrids eigenen waren zart und gleichzeitig unnachgiebig um den Stängel der Tulpe gelegt geblieben. Genauso unnachgiebig wie ihre Worte, die jede Selbstbedienung untersagt hatten.

Eindeutig war die Floristin keine Frau, die sich leicht erschrecken ließ.

Dann war Ulrike, was für ein wundervoller Name, der über der linken Brust in das Poloshirt gestickt war, davongegangen. Sie hatte die bunten Tulpen mit noch mehr Farben ergänzt und einen Regenbogenstrauß daraus gebunden. Für einen jungen Mann im Anzug. Wer wohl die Glückliche war, die diesen schönen Strauß bekam?

Die Glocke an der Ladentür läutete und Ingrid war alleine mit der Floristin, für die sie in Gedanken schwärmte und sich in blumigen Vergleichen erging.

Sicher würden sie nicht lange alleine bleiben. Draußen, vor der offenen Tür, hörte sie die Schritte der Fußgänger, hörte das beständige Reden, das in jeder Fußgängerzone wie ein Hintergrundgeräusch alles ausfüllte, durchmischt mit dem Bellen von Hunden. Der süße Duft der Blumen würde bald weitere Kundschaft hereinlocken.

»Was kann ich für Sie tun? Möchten Sie einen Strauß aus lila Tulpen?«, fragte die süße Floristin und ihre blauen Augen strahlten freundlich zu Ingrid herüber. Freundlich und professionell, nicht persönlich, bemerkte Ingrid mit einem schmerzhaften Ziehen in ihrer Herzgegend.

Ulrike kam hinter ihrem Arbeits- und Verkaufstisch hervor und mit raschen Schritten auf sie zu. Trotzdem hatte ihr Gang etwas Feines, Tänzerisches, das Ingrid fasziniert beobachtete. Ingrid sah von Ulrikes wiegenden Hüften auf die lila Tulpe in ihrer eigenen Hand. Sie wollte keinen ganzen Strauß. Sie wollte die Floristin, Ulrike, die diesen Stängel berührt hatte, besser kennenlernen.

Zärtlich strich sie wieder über die Stelle, die Ulrike vorhin berührt hatte. Ihre Finger hatten sich nur kurz berührt. Zu kurz und gleichzeitig warm und weich und wie ein Versprechen auf mehr.

Die Bluse um Ingrids Brust spannte beim Einatmen. Immerhin atmete sie noch. Blumen waren noch nie ihr Ding gewesen. Das war eine Männerdomäne. Männer verschenkten Blumen. Frauen bekamen Blumen. Frauen kauften keine Blumen. Anderenfalls hätte sie diese wunderschöne Frau schon viel früher kennengelernt.

»Ich möchte Ihnen, Ulrike, diese Blüte schenken«, sagte Ingrid. »Sie ist einzigartig schön und ausgefallen, so wie Sie.«

Ulrike blieb stehen.

Leider standen zwei Reihen Blumenkübel mit bunten Blüten zwischen ihnen auf dem Boden.

Sie schwiegen sich an.

Sekunden vergingen.

Ingrid streckte ihre Hand mit der Blüte aus.

»Bitte. Ich würde Sie gerne näher kennenlernen. Sie sind so schön wie diese Blüte. So duftend süß, dass keine Blüte in diesem Laden an Sie heranreicht und mit einem betörenden Lächeln, von dem ich hoffe, dass es nur mir alleine gilt und keiner anderen Frau. Geschweige denn einem Mann.«

Ingrid lauschte ihren eigenen Worten und konnte kaum glauben, was sie aus ihrem Mund hörte.

Noch nie in ihrem ganzen Leben hatte sie so einen Unsinn geredet!

Immer war sie die sachliche, nüchterne Frau, die gerade gebraucht wurde.

In der Buchhaltung und im Leben ging es um Zahlen. Um Fakten. Nicht um Gefühle und Eindrücke oder schillernde Vergleiche. Sie sollte am besten selbst auf den Boden der Tatsachen zurückkommen, bevor die Floristin, so unvergleichlich wunderbar und einzigartig sie auch war, sie auslachte.

»Mein Name ist Ingrid«, sagte Ingrid hastig. »Ich soll einen Blumenstrauß für meinen Chef abholen.«

Besser, sie kam schnellstmöglich wieder auf das Geschäftliche zu sprechen. Dort kannte sie sich aus und fühlte sie sich wohl. Gefühle waren ihr in der Regel suspekt. Umso mehr verwunderte sie, was sie gerade nicht nur gedacht, sondern auch laut ausgesprochen hatte. Machte sie der schwere Rosenduft, der leichte Nelkenduft oder gar die süße Tulpe betrunken?

Ingrid lachte laut.

Betrunken vom Blütenduft!

Wer hätte davon schon jemals gehört?

Ulrike stand ihr gegenüber und schien den Witz nicht zu erfassen. Aber sie lächelte immer noch strahlend, wie die ganze Zeit. Vermutlich das Standardkundenlächeln, obwohl es ihre Augen erreichte und gar nicht aufgesetzt wirkte, wie bei vielen Verkäuferinnen in anderen Läden.

Ingrid sah, wie ihre Hand bebte und die Blüte zum Schwingen brachte. Es gab nichts, wohinter sie sich verstecken konnte. Keine trockenen Zahlen, kein Schreibtisch mit Computer darauf und keine Teetasse, die, mit beiden Händen dicht vor dem Körper gehalten, ihre Angst vor einer Abweisung verbergen konnte.

Angriff war die beste Verteidigung. Ihr mussten nur noch mehr blumige Komplimente einfallen, bevor sie schnellstens das Weite suchte und in Zukunft einen großen Umweg um diesen Laden herumging. So blamiert wie gerade eben hatte sie sich in ihrem ganzen Leben noch nicht. Zum Glück war niemand sonst im Laden gewesen und Zeuge geworden.

Hinter sich hörte Ingrid die Eingangsglocke. Sie waren nicht mehr alleine.

»Die Tulpe kostet achtzig Cent und ist noch nicht bezahlt. Kann also auch nicht verschenkt werden«, sagte Ulrike. »Wenn Sie einen Moment warten, packe ich Ihnen die Blume ein.«

Ganz geschäftsmäßig. Ganz neutral. Sie reagierte, als hätte Ingrid sich nicht gerade lächerlich gemacht.

Ingrid nickte hastig. Immerhin hatte Ulrike sie nicht ausgelacht.

Ulrike nahm ihr die Tulpe ab und ging zurück zu ihrem Arbeitstisch.

Ingrid folgte ihr und musste mehrere Umwege gehen, bis sie ebenfalls an dem Arbeitstisch ankam. Sie sah zu, wie Ulrike zu der einzelnen Blüte noch einen Stängel mit Blättern legte und beides gemeinsam in Papier einrollte.

»Das war übrigens eine sehr schöne Ansprache. Sicher wird sich Ihre Angebetete sehr darüber freuen.«

Nahm Ulrike an, dass Ingrid nur an ihr geübt hatte?

Ingrid blinzelte ungläubig.

»Ich habe nicht geübt, Ulrike«, sagte Ingrid. »Ich habe Sie gemeint und noch nie in meinem Leben habe ich diese Worte zu irgendjemandem gesagt. Nichteinmal gedacht.«

Sie hatte sich schon in eine unmögliche Situation manövriert, dann konnte sie sich auch noch tiefer hineinwerfen. Besonders weil Ulrike nicht nur schön, sondern auch freundlich war. Sie hatte ihr eine goldene Brücke gebaut. Wie wunderbar taktvoll und liebenswürdig.

Ingrid sah, wie Ulrikes Finger über den Tasten der Kasse schwebten.

Fast als würde sie überlegen. Abwägen, was sie als Nächstes sagte. Oder abwarten, was Ingrid als Nächstes sagte.

In Ingrids Bauch rumorte es, ihr war flatterhaft leicht zumute. Zum Glück konnte sie sich an den stabilen Arbeitstisch anlehnen, der zwischen ihnen stand.

»Wollen wir zusammen Mittagessen?«, fragte Ingrid, wieder ganz nüchtern, so wie sie sich selbst kannte.

Die Tatsache, dass Ulrike sie nicht rundheraus abgewiesen hatte, machte ihr Hoffnung. Vielleicht war sie doch an Frauen interessiert?

»Ich würde dich gerne kennenlernen. Von Frau zu Frau«, fügte Ingrid leiser hinzu. Schließlich waren sie nicht mehr alleine im Laden. Sie hörte die Schritte von Schuhen auf dem Boden klicken und stampfen. Offensichtlich ein Paar.

Ulrike seufzte. Ihre wohlgeformte Brust unter dem grünen Poloshirt hob und senkte sich. Sicher die Arbeit eines ausgezeichneten BHs. Einen, den Ingrid ihr gerne ausziehen würde.

»Entschuldigung«, meldete sich eine Männerstimme mit belustigtem Unterton und einem Hauch von Ungeduld hinter ihnen. »Wenn Sie fertig sind mit flirten, würde ich gerne meine Bestellung abholen. Unter dem Namen Müller Fünfzehn.«

Ingrid wurde heiß. Sie ging zwei Schritte zur Seite.

»Sie können gerne vor«, murmelte sie und schaute den Mann nicht an. Sicher war ihr Gesicht ganz rot angelaufen, so heiß war ihr.

»Selbstverständlich, Herr Müller. Das war ein Strauß roter Rosen und ein Strauß gelber Rosen«, sagte Ulrike mit ihrer klaren Stimme und verschwand durch den Vorhang hinter der Kasse.

»Wenn ich Ihnen einen Tipp geben darf«, sagte der Mann und beugte sich vertraulich und viel zu dicht zu Ingrid herüber.

Sein Aftershave stieg ihr holzig-herb in die Nase. Was für ein Kontrast zu Ulrikes süßem Duft!

Ingrid schüttelte den Kopf, sodass ihre kurzen Locken wippten und über ihre Stirn und ihren Nacken strichen. Wie die Finger einer Liebhaberin.

»Laden Sie Ulrike lieber zum Abendessen ein. Mittagessen in der Pause ist für Anfänger und viel zu kurz für romantische Gefühle. Die Uhr tickt. Die Arbeit wartet«, sagte der Mann und ignorierte ihr Kopfschütteln.

So einen Rat brauchte sie ganz sicher nicht!

Männer!

Immer der Meinung, alles zu wissen! Vor allem besser!

Demonstrativ wandte Ingrid sich ab und betrachtete die lila Blüten mit den ausladenden, asymmetrischen Blütenformen, die neben der Kasse in Kübeln auf einem kleinen Treppchen aufgereiht standen. Wie eine Blumentreppe. Hinter sich hörte sie Münzen klimpern und Plastik rascheln. Sie wartete, bis sie das Klingeln der Glocke an der Tür hörte, bevor sie sich wieder umdrehte.

Ulrike lehnte mit der Hüfte gegen den Arbeitstisch und schaute sie abwartend an.

»Mittagessen? Unmöglich. Mein Kollege ist krank und der Laden macht keine Mittagspause.«

Ingrid nickte und hielt sich am Schulterriemen ihrer Handtasche fest. Natürlich konnte man einen Laden nicht unbeaufsichtigt lassen.

»Entschuldigung«, murmelte Ingrid und schaute konzentriert auf die graue Platte des Arbeitstisches, vor dem sie stand. »Außer der Tulpe möchte ich bitte den Blumenstrauß für Herold abholen.«

Ulrike verschwand wieder durch den Vorhang, der raschelnd hinter ihr zufiel.

Ingrid knabberte an ihrer Unterlippe. Das war schiefgegangen. Aber gründlich!

Bevor sie sich etwas anderes überlegen konnte, kam Ulrike zurück. Im Arm hielt sie einen großen Strauß roter Rosen. Ingrid riss die Augen auf. Dass ihr Chef auch immer übertreiben musste! Aber schließlich gehörte ihm das ganze Unternehmen. Er konnte es sich leisten.

Ingrid bezahlte hastig, bevor sie noch mehr dumme Dinge sagen konnte. Sie und ging, den Rosenstrauß in einem Arm, ihre Handta-

sche über der Schulter und die einzelne, lila Tulpe in der anderen
Hand, auf die Türe des Blumenladens zu. Seltsam. Sie fühlte sich,
als hätte sie gerade etwas Wichtiges verloren. Sie wollte nicht gehen.
Sie wollte Ulrike, die liebenswürdige Floristin, kennenlernen.

Zwei Männer kamen ihr entgegen. Jung und elegant trotz ihrer
Jeanshosen und den bequemen T-Shirts, die unter den offenen Ja-
cken hervorblitzten. Ihre Kolleginnen würden, wenn sie die beiden
sehen könnten, den ganzen Tag über nichts anderes mehr reden,
das wusste Ingrid. Objektiv betrachtet sahen die beiden auch gut
aus, mit ihren breiten Schultern und den trainierten Körpern. Sie
fand nur keinen Gefallen daran. Viel lieber würde sie Ulrike weiter
anschauen.

»Ulrike. Liebling. Ich habe dich schon vermisst«, rief der Eine.
Der andere schlug ihm lachend auf die Schulter.

»Du verlierst keine Zeit, sie zu begrüßen, was? Als hättet ihr euch
nicht erst gestern Abend gesehen.«

Vielleicht war das mit der Mittagspause doch eine freundliche
Absage gewesen. Der junge Mann jedenfalls, Ingrid sah über ih-
re Schulter zurück, ging einfach um den Arbeitstisch herum, zog
Ulrike in seine Arme und schwang sie im Kreis.

Es war höchste Zeit für sie zu gehen. Bevor sie es schaffte, sich
noch schlimmer zu blamieren, als bereits geschehen.

Ingrid manövrierte sich mit dem ausladenden Rosenstrauß zur
Türe hinaus. Die Glocke läutete. Hinter sich hörte sie die Männer
und dann Ulrikes süße Stimme, welche die Schmetterlinge in Ingrids Bauch wieder flattern und ihr Herz höherschlagen ließ.

»Komm schon, Bruderherz. Du brauchst nicht immer eine Szene
zu machen. Das ist schlecht fürs Geschäft.«

Bruderherz? Das war nicht ihr Freund, der mit dieser lauten,
vertraulichen Ansprache in den Laden gestürmt war und sie im Kreis
gewirbelt hatte? Sie hatte also vielleicht doch noch eine Chance?

Die Glocke der Kirchturmuhr schlug die volle Stunde und schreckte Ingrid auf. Sie hatte eine halbe Stunde ihrer wertvollen Zeit in
diesem Blumenladen vertrödelt! Sie hastete die Fußgängerzone
hinunter. Sie hatte viel zu viel Zeit im Blumenladen verbracht. Die
Rechnungen im Büro tippten sich nicht von alleine ab. Sie würde
ihre Mittagspause abkürzen müssen, als Ersatz für die verflossene
Zeit. Als Ersatz für ihren Flirt.

Ingrids Herz schlug schneller, als sie in ihren bequemen, flachen
Winterschuhen an den fremden Menschen der Fußgängerzone vor-
beimarschierte, so schnell es der schwere Rosenstrauß und die vom

Schnee matschigen Straße zuließen. Die Schaufenster auf dem Weg ignorierte sie genauso wie die Werbeaufsteller vor den Türen. Das kannte sie alles. Schließlich ging sie jeden Tag hier entlang zur Arbeit.

Was Ulrike wohl zu Mittag aß, wenn sie keine Pause hatte?

Ingrid schüttelte den Kopf über sich selbst. Sie musste die Floristin vergessen. Das würde nichts werden mit ihnen beiden. Auch nicht, nachdem sie jetzt wusste, dass der überschwänglich begeisterte Mann ihr Bruder war. Sie sollte sich lieber auf ihre Arbeit und ihre Karriere konzentrieren.

Ulrike

Ulrike befreite sich aus den warmen, muskulösen Armen ihres jüngeren Bruders. Felix war immer impulsiv, immer fröhlich und immer bereit, sie im Kreis zu wirbeln, seitdem er es konnte. Das war seiner Meinung nach noch nicht lange genug, weil er es erst schaffte, seit er regelmäßig Krafttraining machte.

Sie spähte über seine Schulter zur Türe des Blumenladens. Ingrid war mitsamt dem Blumenstrauß, der Tulpe und ihren süß geringelten Löckchen verschwunden. Es zog unerwartet traurig in Ulrikes Brust. Sie hätte gerne noch ein bisschen Zeit mit Ingrid verbracht. Sehr gerne auch die Mittagspause, wenn es denn möglich gewesen wäre.

Sie seufzte und sah zurück zu ihren Brüdern. Neben Felix stand Robert, sein Zwillingsbruder und das genaue Gegenteil in Sachen lauter Begrüßung. Er nickte ihr lediglich zu und schob seine Hände in die hinteren Hosentaschen seiner Jeans.

»Was für Blumen brauchst du heute?«, fragte Ulrike. »Und komm nur nicht wieder auf die Idee, mich verkuppeln zu wollen. Ich habe heute bereits einen Korb verteilt.«

Sie schob Felix von sich weg, bis er wieder auf der Kundenseite ihres Arbeitstisches stand.

»Keine. Du weißt doch, dass du die schönste Blume auf der ganzen Welt bist. Wie könnte ich da mit einem dieser traurigen Geschöpfe in den Wasserkübeln vorliebnehmen?«, fragte Felix.

Ulrike lachte.

Dann brach sie ab und schaute wieder auf die Türe, durch die Ingrid gerade gegangen war. Mit einem großen Strauß roter Rosen und einer einzelnen, lila Tulpe. Eine Tulpe, die sie erst liebevoll gestreichelt hatte, bevor sie ihr ähnlich blumige Komplimente wie Felix gemacht hatte. Nur, dass Felix seine Komplimente nicht ernst meinte. Felix sprach einfach immer so.

Ingrid dagegen schien von sich selbst überrascht gewesen zu sein, denn danach hatte sie sich ganz geschäftsmäßig auf ein Minimum an Worten beschränkt. Fast, als hätte sie sich von Felix in Robert verwandelt. Außerdem hatte sie die Annäherungsversuche des nächsten Kunden ignoriert und sich lieber die Irisblüten angesehen, die auf der Blumentreppe neben der Kasse präsentiert wurden.

»Erde an Ulrike. Hörst du mir überhaupt zu? Du bist so weit von mir entfernt wie der Jupiter.« Felix' Stimme unterbrach Ulrikes Gedanken.

Ingrid war weg. Sie hatte sie gehen lassen und ihr Komplimente als Übung abgetan.

Es war einfacher so.

Mancher Mann hatte sie schon mit blumigen Worten angesprochen und hinterher dankend die Brücke der Übung beschritten, um mit heilem Stolz den Laden zu verlassen. Es war wichtig, dass die Kunden sich wohlfühlten und wiederkamen. Ob Ingrid wiederkommen würde? Sie hatte einen großen Strauß roter Rosen abgeholt. Vielleicht hatte sie nur nicht zugeben wollen, dass sie doch geübt hatte? Aber wie passte die einzelne Tulpe dazu? Was wäre, wenn Ingrids Worte wirklich für sie bestimmt gewesen waren?

Ulrike seufzte.

Sie beugte sich vor, stützte ihre Ellbogen auf den harten Holztisch auf und ihr Kinn in ihre Hände. Sie schaute zur leeren, offenen Ladentüre hinaus auf die eilends vorbeilaufenden Menschen und gemütlich flanierenden Touristen.

Schade, dass sie niemals herausfinden würde, ob Ingrid sie gemeint hatte oder eine andere Frau.

Viele Männer, die in den Laden kamen, hatten schon ihre Flirt-Künste an ihr ausprobiert und ihr gesagt, dass sie die schönste Blüte im ganzen Laden war. Keiner hatte es je so überzeugend vorgebracht wie Ingrid, deren Hand dabei gezittert hatte. Niemand hatte ihr Lächeln je verführerisch genannt.

Bezaubernd ja, verführerisch nein.

Ein Wort, das Ulrike nicht mehr aus dem Kopf ging, denn auf die kleinen, braunen Löckchen, die Ingrids Gesicht umrahmten, passte das Wort auch: verführerisch.

Es klang wie eine Einladung, welche die Löckchen unausgesprochen ausstrahlten. Eine Einladung, mit ihnen zu spielen, Ingrids

Gesicht in beide Hände zu nehmen und herauszufinden, ob ihre Lippen so weich waren, wie sie einladend aussahen.

»Ulrike? Alles in Ordnung mit dir?«, fragte Robert.

Er beugte sich vor, ohne seine Hände aus den hinteren Hosentaschen zu nehmen, und schaute ihr tief in die Augen. Wie immer fühlte sie sich unter seinem Blick wie unter einem Mikroskop. Er schien sie zu durchleuchten.

»Du siehst aus, als würdest du mit offenen Augen träumen«, sagte Robert.

Jemand, vermutlich Felix, klatschte in die Hände.

»Sie träumt nicht. Sie ist bis über beide Ohren verliebt!«, sagte Felix. »Wir müssen nur noch den Glücklichen finden und die beiden Turteltauben heute zum Abendessen bei unseren Eltern einladen. Freiwillig wird sie diesen geheimnisvollen Verehrer bestimmt nicht mitbringen, unsere verschlossene Schwester.«

Ulrike verdrehte die Augen. Es war besser, dass sie Ingrid nicht wiedersehen würde. Sie war definitiv eine reiche Frau, mit ihren Diamantohrringen und dem feinen Hosenanzug, der bestimmt ebenfalls teuer gewesen war. Sie würden nicht zusammenpassen. Ein Abendessen in ihrer Familie war laut, fröhlich und herzlich. Feine, steife Tischmanieren, wie der teure Hosenanzug und die eleganten Ohrringe sie erforderten, gab es dort nicht.

»Auf keinen Fall«, protestierte Ulrike. »Ich bin nicht verliebt!«

Felix lachte nur. Er glaubte ihr ganz offensichtlich nicht. Robert musterte sie weiter schweigend.

Ein Abendessen bei ihren Eltern war das Letzte, was sie heute brauchte. Das Familienfrühstück morgen früh reichte ihrer Meinung nach für den ganzen Monat. Schließlich würde es wieder darum gehen, wann sie keinen Freund vorstellte. Die Tatsache, dass ihre Brüder mit immer wechselnden Frauen kamen, schien niemanden zu stören. Dabei hieß das doch auch, dass keiner eine feste oder länger dauernde Beziehung führte.

Ulrike schüttelte den Kopf. Sie würde heute Abend nicht zum Familienessen kommen. Sie hatte überhaupt keine Lust dazu und Felix mit seinem Überschwang interpretierte gerne alles so, wie es ihm gefiel.

»Es gibt keinen Mann in meinem Leben, krieg dich wieder ein, Felix«, sagte Ulrike. »Lieb, dass du fragst, Robert. Mir geht es ganz wunderbar.«

Ulrike erkannte an Roberts Gesichtsausdruck, dass er ihr nicht glaubte. Das war in Ordnung. Er würde sie nicht vor Felix zur Rede stellen. Oder überhaupt zur Rede stellen. Wenn sie nicht zu ihm kam und um Hilfe bat, ließ er sie in Ruhe. Vermutlich war er nur hier, weil Felix ihn hergeschleift hatte.

Ulrike richtete sich auf und strich ihr grünes Poloshirt wieder glatt. Es war Zeit, die Tagträume hinter sich zu lassen. Sie würde Ingrid nicht wiedersehen und damit war das Thema erledigt.

Schade, dachte sie, entgegen ihrem Vorhaben, nicht mehr daran zu denken.

Sie hätte Ingrid gerne zum Mittagessen getroffen. Was für ein Pech, dass Jonas, der sonst immer gesund war, sich ausgerechnet heute krankgemeldet hatte, sodass sie alleine im Laden war und nicht gehen konnte.

»Was führt euch her, wenn nicht ein Strauß Blumen für eure aktuelle Freundin?«, fragte Ulrike.

Sie wollte das Thema wechseln. Ganz dringend. Dann würde sie nicht mehr an Ingrid denken oder an die Tatsache, dass sie einen bestellten Blumenstrauß abgeholt hatte. Sie könnte die bei der Bestellung hinterlegte Telefonnummer heraussuchen, anrufen und nach ihr fragen. Das wäre aber ein Verstoß gegen die Datenschutzbestimmungen. Die Telefonnummer schrieben sie nur auf, um die Kunden bei Rückfragen anzurufen, oder wenn der bestellte Strauß nicht abgeholt wurde. Nicht jedoch, um anzurufen und nach einem Flirt-Partner zu fragen.

Felix winkte wieder vor ihrem Gesicht herum.

Ulrike blinzelte.

»Was?«, fragte sie.

»Du träumst.« Felix grinste so breit, dass seine Mundwinkel fast seine Ohren erreichten. »Schaust nur auf die Türe, als würde dein Angebeteter gleich zur Türe hereinkommen.«

Ulrike schüttelte den Kopf. Sie musste ihren Bruder loswerden.

»Robert? Warum seid ihr hier?«, fragte Ulrike. Von Felix war keine sinnvolle Antwort zu erwarten. Der Valentinstag hatte ihm ganz offensichtlich den Kopf verdreht.

Robert grinste und zwinkerte ihr zu. Obwohl er müde aussah und unrasiert war, schien er sich mehr zu amüsieren als sonst. Was war mit ihm heute los?

»Wie Felix gesagt hat, als du mit Tagträumen beschäftigt warst, will er einen Strauß Frühlingsblumen für Mama kaufen. Papa denkt sicher nicht daran, und sie mag Blumen so gerne.«

Die Spitze saß. Wann war Robert je so direkt gewesen?

Ulrike musterte ihn.

Er war, trotz seiner Muskeln, so dünn wie immer. Aber heute war er unrasiert und unter seinen Augen waren Ringe, als hätte er nicht nur eine Nacht nicht geschlafen.

Ulrike deutete hinter sich.

»Wenn du magst, Robert, setze dich einen Moment auf den Klappstuhl. Ich suche mit Felix Blumen aus«, sagte Ulrike.

Robert nickte und ging um den Arbeitstisch herum in den Mitarbeiterbereich.

Ulrike nahm Felix' Hand und zog ihn hinter sich her. Sie musste ihn loswerden, da blieb gerade keine Zeit, sich Sorgen um Robert zu machen. Zumindest nicht allzu viele.

»Was ist mit Robert los?«, fragte Ulrike leise.

Felix zuckte mit den Schultern.

»Vermutlich das Gleiche wie mit dir. Verliebt und verträumt. Kannst du denn noch schlafen und von deinem Liebsten träumen, oder liegst du die ganze Nacht wach und telefonierst mit ihm?«

Ulrike runzelte die Stirn.

Robert verliebt? Unvorstellbar!

Er lebte doch am liebsten in seinem Zimmer, hinter seinem Computer, und traf nie jemanden. Wo sollte er da eine Frau getroffen haben, in die er sich verlieben konnte? Andererseits fragte sie sich schon lange, wo er die Frauen traf, die er bei den Familienessen als seine jeweils aktuelle Freundin präsentierte. Sie hatte schon vermutet, dass er Escorts dafür bezahlte, aber nie einen Beweis finden können.

»Du machst Witze«, sagte Ulrike und bückte sich zu einem Kübel weißer Margeriten hinunter. »Was meinst du, passen die zu deinen Vorstellungen?«

»Jungfräuliches Weiß für Mama? Wie wäre es mit roten Rosen?«, fragte Felix. »Lass die Blumen liefern. Mit einer anonymen Karte. Das ist viel romantischer, als wenn ich sie vorbeibringe.«

Ulrike glaubte, sich verhört zu haben.

»Du willst Papa eifersüchtig machen?«

Felix nickte, ohne rot zu werden.

»Mama ist eine Romantikerin. Wie ich«, sagte Felix und blinzelte sie an, als würde er sie anhimmeln.

Ulrike lachte und richtete sich wieder auf. Felix, der Romantiker. Als ob! Das wäre er wohl gerne!

»Papa hat bisher gesagt, die Kinder brauchen so viel Zeit, da kann sie die Blumen sowieso nicht genießen. Aber wir sind alle groß. Ausgezogen. Jetzt hat sie Zeit für Blumen.«

»Aber rote Rosen?«

Ulrike konnte Felix' Begründung nachvollziehen. Trotzdem. Gleich auf direkten Angriffskurs zu gehen? War das gut?

Könnte ihr das bei Ingrid helfen, wenn sie auf direkten Angriffskurs ging, die Telefonnummer wählte und irgendetwas davon erzählte, dass die Frau etwas im Blumenladen vergessen hatte? Was könnte sie behaupten, dass Ingrid hier liegen gelassen hat? Die Frau hatte ihre Handtasche immer auf der Schulter getragen und damit auch den Laden verlassen. Da war nichts vergessen worden.

Sie ging zwischen den Blumenkübeln hindurch, bis sie vor den Rosen stand.

Sie musste Ingrid aus ihren Gedanken streichen, oder sie würde den ganzen Tag an nichts anderes mehr denken. Da ihr Bruder sie inzwischen zweimal aus ihren Gedanken reißen musste, wäre das schlecht fürs Geschäft. Andere Kunden würden sich die Mühe nicht machen. Sie würden einfach wieder gehen.

»Wie wäre es mit rosa Rosen statt roter?«, fragte Ulrike.

»Das ist nicht deutlich genug«, widersprach Felix. »Ich will rote Rosen für Mama. Sieben Stück, wie in den Märchen, in denen das eine magische Zahl ist.«

Ulrike verdrehte die Augen. Felix spielte die Rolle des Romantikers wirklich gut, aber sie war sich sicher, dass sie wirklich nur gespielt war.

»Das wird Ärger geben. Ich werde Papa zu dir schicken und dir alle Schuld geben«, sagte Ulrike. »Schließlich ist auch bei einer anonymen Sendung sichtbar, aus welchem Blumenladen der Strauß stammt.«

Trotzdem bückte sie sich und zog sieben dunkelrote Rosen aus einem Wasserkübel. Je eher sie nachgab, umso eher hatte sie Felix aus dem Laden und konnte nachdenken.

»Die Karte schreibst du selber«, sagte Ulrike.

Sie winkte zum Kartenständer an der Seite und ging zurück zu ihrem Arbeitstisch.

Felix nickte. Er ging hinüber, drehte den Kartenständer im Kreis und studierte die Karten.

Ulrike entfernte die Dornen am unteren Ende des Stängels, band die Rosen zusammen und wickelte sie in durchsichtige Folie ein. Nur oben ließ sie noch offen, für Felix' Karte.

»Wann wirst du sie anrufen?«, fragte Robert leise hinter ihr. »Die Frau, die mit der lila Tulpe den Laden verlassen hat?«

Ulrike erstarrte, dann drehte sich ganz langsam um.

Robert war ein guter Beobachter. Auch, wenn er unausgeschlafen
war. Ein zu guter Beobachter für ihren Geschmack. Ganz offensichtlich hatte er die Tulpe als wichtigeren Hinweis empfunden, als den
riesigen Strauß roter Rosen, den Ingrid getragen hatte.

»Gar nicht. Das verstößt gegen die Datenschutzbestimmungen«,
sagte Ulrike und stemmte entrüstet ihre Hände in ihre Seiten. »Auch,
wenn ich selbst schon daran gedacht habe«, murmelte sie leiser.

Lügen brachte nichts. Aber sie würde der Versuchung nicht nach-
geben.

»An dem Strauß hing ein Schild, auf dem Ludwig Herold stand.
Ich könnte seinen Arbeitsplatz herausfinden und dir die Telefon-
nummer der Frau besorgen. Hast du einen Namen von ihr?«, fragte
Robert.

Ulrike hielt die Luft an.

Hatte Robert wirklich gerade vorgeschlagen, seine Computer-
kenntnisse zu etwas Halblegalem, wenn nicht sogar Illegalem ein-
zusetzen? Um ihr zu helfen? Um ihr zu helfen, eine Frau anzurufen?

»Willst du mir wirklich helfen? Für eine Frau? Nachdem ihr mir
sonst immer Männer vorstellt?«, fragte Ingrid leise. Auf keinen Fall
wollte sie Felix' Aufmerksamkeit auf ihr Gespräch ziehen. Der stand
immer noch beim Kartenständer und drehte ihn langsam im Kreis.
Entweder er konnte sich nicht entscheiden, oder er hoffte, dass nach
der vierten Umdrehung neue Karten auftauchten.

Ulrike verdrängte Felix aus ihren Gedanken und konzentrierte
sich auf Robert.

Sein Angebot klang viel zu verführerisch. Es ließ ihr Herz aufgeregt pochen, bei der Aussicht, Ingrids Stimme wieder zu hören
und sie wiedersehen zu können. Wäre es überhaupt illegal, ihre Telefonnummer herausfinden zu wollen? Schließlich hatte Ingrid nach
einem Treffen gefragt, oder?

Ulrike schüttelte hastig den Kopf über sich selbst. Ihr Pferdeschwanz wischte über ihre Schultern. Sie selbst hatte das Angebot
abgelehnt. Es war nicht in Ordnung, jetzt, auf welchem Weg auch
immer, sie zu stalken. Sie musste einfach hoffen, dass Ingrid wieder
vorbeikam. Sicher würde sie nicht nach einer einmaligen Abfuhr
aufgeben, sondern wiederkommen. Es bestand also kein Grund,
ihren Bruder damit zu behelligen, oder gar sein Angebot, sich auf
Abwege zu begeben, anzunehmen.

Trotzdem beantwortete Ulrike Roberts Frage: »Ingrid. Sie heißt
Ingrid. Herr Herold ist ihr Vorgesetzter, hat sie gesagt. Aber du
brauchst sie nicht zu finden. Sie kommt bestimmt wieder.«

Sie wollte Ingrid wiedersehen, nicht hoffen, dass sie es nochmals versuchte. Aber das würde sie vor Robert auf keinen Fall zugeben.

»Bis morgen finde ich sie für dich, Schwesterherz«, sagte Robert und stand vom Klappstuhl auf. »Felix hat seine Karte ausgesucht.« Er nickte über Ulrikes Schulter.

Sie drehte sich zurück und sah Felix, der viel zu schnell auf sie und ihren Arbeitstisch zusteuerte. Er hielt eine Karte mit vielen rosaroten und roten Herzen in der Hand. Gleichzeitig betraten neue Kunden den Laden. Die Türglocke klang laut und deutlich durch den Verkaufsraum.

»Keine Sorge«, murmelte Robert und stand von seinem Stuhl auf, bevor Ulrike nochmals protestieren konnte.

Hinter ihr klappte Robert den Stuhl zusammen und lehnte ihn mit einem leisen Geräusch wieder an die Wand.

Felix zog knisternd die Folie von der Karte und legte sie aufgeklappt auf den Arbeitstisch. Neben den Strauß roter Rosen, der nur noch auf die Karte wartete, um fertig zugepackt zu werden.

Unbehaglich rollte Ulrike ihre Schultern. Sie sah Robert nach, der sich zu Felix stellte und seine Hände wieder in seine hinteren Hosentaschen schob. Ganz wohl war ihr nicht dabei. Sie würde nachher nochmals eine Nachricht schreiben und ihn auffordern, nicht nach Ingrids Telefonnummer zu suchen. Vor Felix wollte sie auf keinen Fall etwas sagen. Der würde sie nie wieder damit in Ruhe lassen.

»Die ist perfekt für einen liebevollen Strauß. Nun noch ein Spruch und ab geht die Post direkt in Mamas Herz. Kommst du morgen zum Abendessen zu unseren Eltern, wenn du heute schon nicht kommen willst? Ich will hören, was Papa sagt«, sagte Felix. »Und Mama.« Er lachte fröhlich.

Ulrike fiel in Felix' Lachen ein.

»Bestimmt erkennen sie deine Handschrift und lachen darüber«, prophezeite Ulrike.

Felix winkte ab, griff sich einen Kugelschreiber aus der Innentasche seiner Winterjacke und beschrieb die Karte. Er bezahlte zwinkernd und sah Ulrike zu, wie sie die Karte zu den Rosen steckte und die Verpackung zuklebte.

»Bis morgen Abend«, sagte Robert.

»Bis morgen, meine liebste große Schwester mit den schönsten Blumen der Welt.« Felix drückte Ulrike über den Tisch hinweg, dass sie nochmals sein Aftershave riechen konnte. Als ob das eine Kur war und sie sich nur an den Geruch von Männern gewöhnen musste.

Felix hatte manchmal wirklich seltsame Ideen.

Ulrike winkte ihren Brüdern nach. Sie stellte den fertig gebundenen Rosenstrauß mit der Herzchenkarte und einem Adressanhänger in den Kübel mit den Sträußen für den Lieferdienst. Dann wandte sie sich dem nächsten Kunden zu, der bereits mit einem der fertig gebundenen Sträuße vom Eingang an ihrem Arbeitstisch stand und bezahlen wollte.

Hoffentlich würde Robert von seinem Plan absehen. Sie musste ihm unbedingt schreiben, sobald einmal eine Pause zwischen den Kunden war. Auf keinen Fall sollte er sich für sie über die Datenschutzregeln hinwegsetzen.

Ihr Herz dagegen klopfte schneller beim Gedanken an Ingrid. Wie sich wohl die süßen Locken anfühlen würden? Weich und samtig, oder hart und starr, weil sie nicht natürlich, sondern das Produkt von Haargel waren?

Ulrike dachte an Ingrids rot lackierten Fingernägel, die über den grünen Stängel der Tulpe gestreichelt hatten. Genau an der Stelle, die sie selbst berührt hatte. Ihre Fingerspitze, an der sie Ingrid berührt hatte, kribbelte wohlig warm bei der Erinnerung.

Ingrid

Ingrid saß vor ihrem Computer. Der Bürostuhl, sonst sehr bequem, perfekt an ihre Körpergröße und Sitzhaltung ergonomisch angepasst, war heute nur hart. Der Stapel mit Eingangsrechnungen auf ihrem Tisch schien nicht kleiner zu werden, obwohl der Stapel mit erledigten und abgehefteten Eingangsrechnungen auf der anderen Seite ihres Schreibtisches größer wurde.

Schuld daran, dass sie sich so schlecht konzentrieren konnte, war die lila Tulpe, die sie gekürzt und in einer Kaffeetasse mit Wasser neben ihren Monitor gestellt hatte. Normalerweise stand nichts Privates auf ihrem Schreibtisch. Ihr Leben war ihrer Arbeit und ihrer Karriere gewidmet.

Die lila Tulpe dagegen duftete süß und erinnerte Ingrid immerzu an Ulrike. Die wunderschöne, zauberhafte, lebendige Verkäuferin im Blumenladen »Duftende Rosen der Liebe«. Ein Name, nicht nur gemacht wie für einen Blumenladen, fand Ingrid. Er würde auch perfekt als Beschreibung für Ulrike passen. Sie duftete so süß und war so liebreizend. Eine ausgefallene und seltene Blüte inmitten all der Menschen, die Ingrid sonst traf.

Ulrike, die ihre Komplimente als Übung abgetan hatte und kurz darauf von einem Mann herzlich begrüßt und im Kreis herumgewirbelt worden war.

Ingrid seufzte bei der Erinnerung.

Wie würde Ulrike sich wohl in ihren Armen anfühlen? Wie, wenn sie so fröhlich lachte, weil Ingrid sie zum Lachen brachte?

Das war ihr Bruder gewesen, ermahnte Ingrid sich, der zweite Mann hatte das mit seinem Kommentar verraten. Geschwister umarmen sich zur Begrüßung. Das hatte sie schließlich ihr ganzes Leben lang beobachten können. Außerdem, was sollte die Eifersucht? Ulrike gehörte ihr nicht. Sie hatten sich doch heute zum ersten Mal gesehen und auch nur flüchtig berührt. Ihr Gespräch war auf wenige Sätze beschränkt gewesen.

Vermutlich war sie einfach überarbeitet, beschloss Ingrid.

Das musste es sein!

Das klang viel logischer, als sich Hals über Kopf in eine fremde Frau zu verlieben.

Alleine die Tatsache, dass sie eine Tulpe gekauft hatte und auf ihren Schreibtisch stellte, war sicher mehr ein Ausdruck von zu viel Arbeit als alles andere. Sie sollte mal wieder Urlaub planen. Sich erholen. Die Seele baumeln lassen. Dann würde sie sich wieder auf ihre Arbeit und ihre Karriere konzentrieren können.

Ingrid lächelte zufrieden mit sich selbst. Sie setzte sich wieder aufrecht in ihrem Bürostuhl hin und konzentrierte sich auf die Rechnungen, die sie zu prüfen hatte. Mit einem Plan im Leben war alles einfacher.

Trotzdem wanderte ihr Blick wenige Minuten später wieder zu der lilafarbenen Tulpe zurück. Der Duft lenkte ihre Gedanken zurück in den Blumenladen.

Schritte auf dem Flur unterbrachen Ingrids Gedanken. Dann trat ein Kollege ein. Weitere blieben abwartend auf dem Gang stehen.

»Kommst du mit? Mittagspause beim Döner machen?«, fragte ein Kollege und blieb neben ihrem Schreibtisch sehen. »Hübsche Tulpe. Hast du einen Verehrer gefunden?«

Zwei weitere Kollegen streckten den Kopf zur Türe herein. Offensichtlich erwarteten alle schon die neuen Informationen für den Klatsch und Tratsch am Mittagstisch.

Ingrid schüttelte den Kopf. Ihr Privatleben ging ihren Kollegen nichts an. Das sorgte nur für Tratsch im Büro. Das brauchte sie nicht.

»Der Chef wollte rote Rosen haben. Als ich sie abgeholt habe, habe ich für mich eine Tulpe gekauft. Sie soll mich von dem kalten Wetter ablenken«, sagte Ingrid. »Und auf den Frühling einstimmen, der bald anfangen soll.«

»Wären Schneeglöckchen da nicht passender?«, fragte der Kollege und blieb hartnäckig neben ihrem Schreibtisch stehen.

Ingrid ließ ihre Hände von den eckigen Tasten der Tastatur auf die glatte Schreibtischfläche davor gleiten. Sie rollte mit ihrem Stuhl ein Stück zurück und sah ihren Kollegen jetzt an. Sie kannte ihn flüchtig. Genau wie die anderen, die in der Türe standen. Normalerweise ging sie einmal die Woche mit zum Mittagessen. Kontakte pflegen, nannte man das. Es war nützlich für die Arbeit. Aber heute stand ihr einfach nicht der Sinn danach. Schon gar nicht, wenn sie diejenige sein sollte, über die heute geredet wurde. Genau aus dem Grund hatte sie keine privaten Dinge auf ihrem Schreibtisch stehen.

»Oh wie romantisch«, mischte sich die nächste Kollegin ein, sodass Ingrid nicht darauf antworten musste. »Ein Rosenstrauß. Das hätte ich dem Chef nie zugetraut, so zugeknöpft wie der immer ist.«

Ingrid nickte.

»Lasst es euch schmecken. Ich muss hier weitermachen«, sagte Ingrid und rollte wieder an den Tisch heran.

Sie legte ihre Finger zurück auf die glatten, eckigen Tasten der Tastatur und blickte zwischen Bildschirm und Papierrechnung hin und her. Sie versuchte, sich auf ihre nächste Rechnung zu konzentrieren. Ihr Chef behielt sein Privatleben auch für sich. Warum er heute mit dem Rosenstrauß eine Ausnahme machte, interessierte sie nicht. Sie musste Zeit aufholen.

Der Kollege stand immer noch neben ihrem Schreibtisch. Auf dem Flur hörte sie das Gekicher und die Spekulationen darüber, wofür der Chef heute, am Valentinstag, einen Strauß roter Rosen brauchte.

Ingrid hörte auf zu tippen und ließ ihre Finger auf den Tasten ruhen. Das Licht von der Decke spiegelte sich in ihren rot lackierten Fingernägeln wieder.

Wer sagte, dass das Abholen des Rosenstraußes Freizeit gewesen war? Ihr Chef hatte sie damit beauftragt. Das musste Arbeitszeit sein.

Sie rollte ihren Bürostuhl zurück. Sperrte den Monitor und griff nach ihrer Handtasche.

»Lieb, dass ihr gewartet habt. Ich komme heute nicht mit. Muss noch was erledigen«, sagte Ingrid, winkte ihren verbleibenden Kollegen zu und lief aus dem Büro. An der Tür griff sie noch nach ihrer Jacke, die sie im Treppenhaus beim Hinuntergehen überzog.

Bevor sie nur noch an Ulrike dachte und sich gar nicht mehr konzentrieren konnte, wollte sie lieber nochmals vorbeigehen. Hatte sie nicht gesagt, dass sie keine Mittagspause machen konnte, wegen kranker Kollegen? Aber sie braucht auch etwas zu essen. So wie jeder vernünftige Mensch. Wenn sie keine Pause machte, musste das Essen eben zu Ulrike kommen. Ingrid würde dafür sorgen.

Das würde Ingrid ihr bringen und sie nach ihrer Telefonnummer und einer Verabredung zu einem gemeinsamen Abendessen fragen.

Vielleicht, nur vielleicht hatte sie Glück und Ulrike interessierte sich für Frauen. Das hatte sie schließlich nicht herausfinden können. Bisher.

Froh über einen neuen Plan, der viel besser als Urlaub klang, lief Ingrid aus dem Büro und über die Straße mit dem Schneematsch. Sie spürte die eisige Luft kaum auf ihren Wangen. Ihre Handtasche schlug bei ihren schnellen Schritten heftige gegen ihre Seite. Ingrid ignorierte es. Sie hatte ein Ziel: Den Falafelstand am Ende der Straße und anschließend den Blumenladen »Duftende Rosen der Liebe«.

Zum zweiten Mal an diesem Tag stand Ingrid vor dem Schaufenster von »Duftende Rosen der Liebe«. Dieses Mal hielt sie eine heiße Pappschachtel in der Hand und schaute hinein. Sie spähte vorbei an den Dekoherzen und Luftschlangen, die jedem Passanten zeigten, dass heute Valentinstag war. Im Laden standen drei Kunden vor dem breiten Arbeitstisch von Ulrike Schlange. Alle mit leeren Händen und vermutlich zum Abholen von Bestellungen. Es war so, wie Ulrike vorhin zu ihr gesagt hatte. Die Männer kamen alle in ihrer Mittagspause.

Ingrid zögerte. Sollte sie einfach hineingehen und sich anstellen? Oder lieber warten, bis die Schlange weg war. Allerdings, wer garantierte, dass dann nicht sofort die nächsten Kunden kamen? Wenn sie wartete, bis der Laden leer war, würde die Falafel in ihrer Pappschachtel kalt sein.

Ingrid trat von einem Fuß auf den anderen, um sich in der Kälte warmzuhalten.

Sie war hergekommen, um Ulrike etwas zum Mittagessen zu bringen. Sie wollte nicht bei der Arbeit stören. Ein kleines bisschen hatte sie auch ihre Zweifel daran gehabt, dass in der Mittagszeit wirklich so viel los war im Blumenladen. In ihrem Magen rumorte es, weil sie so misstrauisch gewesen war.

Sie seufzte und schob mit einer Hand den Träger ihrer Handtasche höher auf die Schulter zurück. Es war ihr Job, misstrauisch zu sein. Sie suchte schließlich den ganzen Tag nach Fehlern in den Rechnungen im Vergleich zu den Bestellungen. Es war in Ordnung, wie sie war. Hoffentlich sah Ulrike das genauso.

Einer der Männer kam mit einem Rosenstrauß unter dem Arm aus dem Laden und ging davon. Seine Winterstiefel tappten klatschend im Schneematsch. Die Unterhaltungen der Passanten um Ingrid herum wurden lauter und leiser, wann immer eine Gruppe vorbeiging.

Ingrid zögerte immer noch. Sie hatte noch nie eine Frau bei der Arbeit angesprochen. Ihre Erfahrungen im Flirten beschränkten sich auf Dates und das Kennenlernen von Frauen in Clubs. Frauen, die ebenfalls auf Partnerinnensuche waren. Frauen, die üblicherweise hohe Ansprüche hatten, weswegen sie sich das teure Paar Diamantohrringe gekauft hatte. Sie wollte schließlich nicht auf den ersten Blick aussortiert werden.

Mit ihrer freien Hand tastete sie nach einem Ohrring. Die harten Steine mit den klaren Kanten des Schliffs beruhigten sie. Sie hatte sich daran gewöhnt, sie zu tragen. Sie gaben ihr das Gefühl, schön zu sein. Sie gaben ihr das Gefühl, wertvoll zu sein.

Während Ingrid noch grübelte, kam der nächste Kunde, dann der Letzte, mit jeweils einem Blumenstrauß unter dem Arm heraus. Aber hier draußen gingen jede Menge Leute vorbei. Die Fußgängerzone war dicht bevölkert. Die konnten jederzeit hineingehen und die Schlange verlängern.

Wenn sie sich jetzt nicht einen Ruck gab, würden die Falafel mit Pommes kalt, die sie gekauft hatte. Außerdem wäre Ulrike dann wieder schwer beschäftigt.

Entschlossen marschierte Ingrid am Schaufenster entlang zum Eingang des Blumenladens. Der süße Duft der Blüten wehte ihr entgegen, kaum dass sich die Türe öffnete. Ingrid setzte ein freundliches Lächeln auf, hielt die heiße Pappschachtel ein bisschen fester und trat in den Blumenladen.

Das Läuten der Glocke erklang über ihr. Der süße und schwere Duft der Blumen schien sie zu umarmen. Er vermischte sich mit dem Geruch nach Holz und grünen Blättern. Statt auf die Blumen schaute Ingrid nur auf Ulrike, die in ihrem grünen Poloshirt hinter dem Vorhang hervorkam und einen weiteren Strauß roter Rosen hereintrug.

Der sollte für Ulrike selbst sein, überlegte Ingrid. Es steht ihr, rote Rosen zu halten. Die Farbe passte gut zu dem blonden Pferdeschwanz, dessen Ende über Ulrikes Schulter nach vorne gefallen war.

Sie schlängelte sich zwischen den vielen Eimern mit Blumen hindurch.

Es schienen nicht weniger geworden zu sein, seit sie vorhin den Strauß für ihren Chef abgeholt hatte. Aber, bevor sie am Arbeitstisch ankam, kam Ulrike bereits mit einem neuen Eimer rosafarbener Nelken hinter dem Vorhang hervor und um den Tisch herum.

»Bin gleich da«, sagte Ulrike mit ihrer melodischen Stimme, ohne aufzuschauen.

Ingrid sah ihr kurz nach, wie sie den Kübel bei den anderen platzierte und einen leeren Eimer mitnahm. Kein Wunder, dass es nicht weniger Blumen wurden, wenn Ulrike sie ständig auffüllte.

Ingrid schüttelte über sich selbst den Kopf. Natürlich füllte Ulrike die Blumen nach. Sie wollte sie schließlich verkaufen. Sie ging weiter, bis sie am Arbeitstisch angekommen war und wartete.

Ulrike stellte den Eimer an der Wand auf den Boden, zu vielen anderen, ähnlichen Eimern, und drehte sich zu ihr um. Ein strahlendes Lächeln im Gesicht. Eines, das wie vorhin ihre blauen Augen erreichte.

Strahlend blaue Augen, in denen Ingrid versinken konnte.

»Hallo Ingrid«, sagte Ulrike und kam um den Arbeitstisch herum. »Wie schön, dass du nochmals vorbeischaust.«

Einen Schritt vor ihr blieb Ulrike stehen.

»Kommst du meinetwegen oder ist etwas mit dem Blumenstrauß nicht in Ordnung?«, fragte Ulrike. Ihre Stimme nahm einen sorgenvollen Ton an, so als könnte wirklich etwas nicht in Ordnung sein.

Ingrid schüttelte schnell den Kopf.

»Alles ok«, brachte Ingrid schließlich hervor.

Ihr Chef hatte den Strauß genommen, genickt und seine Bürotüre wieder geschlossen. Er hatte ein eigenes Büro, statt, wie sie selbst, im Großraumbüro zu sitzen.

»Ich habe dir Mittagessen mitgebracht, damit du auch ohne Pause etwas zu essen bekommst«, sagte Ingrid und hielt Ulrike die Schachtel hin. »Pommes Fritten und Falafel mit einem Mango-Curry-Dip. Die Empfehlung des Tages.«

Das klang so nichtssagend und leer, am liebsten wäre Ingrid im Boden versunken. Sie wollte Ulrike näher kennenlernen, nicht wie ein Lieferdienst klingen, der das Tagesessen anpreiste. Ihre Wangen wurden warm. Sicher lief sie gerade rot an. Wie peinlich!

»Das ist lieb. Danke«, sagte Ulrike und griff nach der warmen Schachtel.

Ihre Fingerspitzen berührten sich.

Atemlos schaute Ingrid Ulrike in die Augen, in denen sie sich selbst spiegelte.

»Ich«, begann Ingrid und brach ab.

Sachte strich Ulrike mit einer Fingerspitze über ihre lackierten Fingernägel. Ein warmes Lächeln im Gesicht, welches Ingrid dort unbedingt länger sehen wollte.

»Wollen wir uns heute zum Abendessen verabreden?«, platzte Ingrid mit ihrer Frage heraus.

Ulrike nickte.

»Sehr gerne. Ich habe um sieben Feierabend und muss dann noch den Laden schließen«, sagte Ulrike. »Sagen wir um halb acht? Willst du mich abholen oder mir deine Adresse schicken?«

So schlicht, einfach und ohne Drama.

Ingrid atmete erleichtert auf. Ulrike war offensichtlich genauso interessiert, wie sie an ihr. Als stumme Antwort erwiderte Ingrid das Streicheln mit den Fingerspitzen. Mehr war nicht möglich, weil sie immer noch die heiße Schachtel festhielt. Dafür schlug ihr Herz umso schneller.

»Ich hole dich ab«, sagte Ingrid. »Hast du ein Lieblingsessen, das wir gemeinsam kochen können?«

Auf keinen Fall wollte Ingrid sofort wieder gehen und Ulrike alleine essen lassen. Halb acht war sehr spät, aber diese wunderschöne Frau war es wert, auf ein paar Stunden Schlaf zu verzichten, bevor sie morgen früh zu ihrer üblichen Stunde im Fitnessstudio aufbrach. Vielleicht würde Ulrike sie ja auch begleiten? Oder könnten sie etwas anderes zusammen erleben und sich besser kennenlernen?

Ingrid schüttelte über sich selbst den Kopf. Ihre Gedanken sprangen schon wieder viel zu weit in die Zukunft. Besser, sie machte einen Schritt nach dem anderen. Jetzt noch ein bisschen plaudern und heute Abend das gemeinsame Abendessen. Egal, wie sehr sich ihr Herz danach sehnte, dass aus ihnen beiden mehr wurde, es war immer eine gute Idee, sich zuerst besser kennenzulernen. Kennen und lieben. Hoffentlich.

Ulrike

Ulrike atmete tief den warmen Duft von knusprigen Pommes und fruchtig-scharfem Mango-Curry-Dip ein.

Sie konnte noch nicht richtig glauben, was sie gerade erlebte. Ingrid stand vor ihr und brachte ihr etwas zum Mittagessen. Ulrike musste nicht darauf warten, dass ihr Bruder Robert Ingrids Telefonnummer herausfand. Sie war selbst gekommen. Ulrike konnte Ingrid nach ihrer Telefonnummer fragen. Ganz legal und risikolos. Hoffentlich hatte Ingrid ein paar Minuten für sie, bevor der nächste Kunde in den Laden kam und bedient und beraten werden wollte.

Das Allerbeste war: Jetzt konnte sie guten Gewissens das Abendessen bei ihren Eltern absagen, auf das sie keine Lust hatte. Die Begründung, sie hätte eine Verabredung, akzeptierte ihre Mutter bei ihren Brüdern immer. Natürlich wusste Ulrike, dass sie dafür morgen ausgefragt werden würde, oder gleich gebeten, ihren Freund mitzubringen.

Ob ihre Eltern ihre Freundin akzeptieren würden? Bisher hatte noch niemand in ihrer Familie sie damit ernst genommen, dass sie lieber eine Freundin als einen Freund haben wollte. Außer vielleicht Robert vorhin, als er ihr angeboten hatte, Ingrids Telefonnummer herauszufinden.

Ulrike bremste ihre Gedanken, die mit ihr davon sausten. So weit waren sie noch lange nicht. Vielleicht suchte Ingrid einfach nur eine neue Freundin, mit der sie mal ausgehen oder die Mittagspause verbringen konnte?

Vorerst spürte sie das weiche Streicheln von Ingrids Fingerspitzen an ihren eigenen und versuchte, sich zusammenzureißen. Schließlich konnte jeden Moment ein neuer Kunde zur Türe hereinkommen.

Oder noch schlimmer: Einer ihrer Brüder! Mit einem potenziellen, neuen Partner, mit dem sie Ulrike verkuppeln wollten!

»Gerne. Hast du nicht vor, in ein Restaurant zu gehen?«, fragte Ulrike.

Ulrikes Stimme hörte sich in ihren eigenen Ohren viel zu hoch an. Hastig räusperte sie sich und zog ihre Finger von Ingrids Fingern weg. Ulrike hob die Schachtel aus Ingrids Händen und stellte sie neben sich auf den Arbeitstisch. Wagemutig nahm sie Ingrids Hände in ihre. Sie waren innen ganz warm von der Schachtel und außen eiskalt vom Winter draußen.

Ulrike flocht ihre Finger, einen nach dem anderen, ineinander. Immer abwechselnd und langsam, damit Ingrid die Chance hatte, sich zurückzuziehen, falls Ulrike ihre Annäherungsversuche wirklich falsch deutete. Schließlich würde eine Frau, die eine Freundin suchte, dieser wohl ein Mittagessen vorbeibringen, aber ganz sicher nicht ihre Finger streicheln.

Ulrikes Herz klopfte schneller, als Ingrid ihre Finger nicht zurückzog. Also wurde sie mutiger und machte einen winzigen Schritt auf Ingrid zu. Soweit es ihre Hände zwischen ihnen erlaubten.

Ingrid duftete ganz wunderbar warm, weiblich und verführerisch inmitten all der süßen Blumendüfte um sie herum. Fast so, als würde sie hierher gehören.

»Nein, noch nicht. Ich dachte, wir bekommen so kurzfristig keinen Tisch. Aber hast du ein Lieblingsrestaurant?«, fragte Ingrid und erwiderte den sanften Druck von Ulrikes Fingern zwischen ihren. »Wir könnten an einem anderen Abend gemeinsam dorthin gehen.«

Ulrikes Herzschlag beschleunigte sich rasant. Ihre Wangen brannten. Sicherlich lief sie gerade rot an. Die blumigen Komplimente, mit denen Ingrid sie vorhin überschüttet hatte, schien diese nicht wiederzufinden. Aber die ehrliche, direkte Sprache gefiel Ulrike viel mehr. Damit gab es weniger Spielraum für Missverständnisse und Rätselraten.

»Wir könnten bei mir kochen. Keine Zuschauer. Keine schiefen Blicke und gemütliches Beisammensein«, sagte Ulrike.

Sie hatte kein Lieblingsrestaurant. Sie kochte viel lieber selbst. Wobei das alleine nicht schön war. Deswegen gab es häufig ein Fertiggericht aus der Dose oder dem Tiefkühlfach. In einen Club wollte sie Ingrid nicht mitnehmen. Dort würde sie diese sicher an eine der anderen anwesenden Frauen verlieren. Eine von denen, die so viel attraktiver aussahen und mehr teuren Schmuck trugen. So schnell lud Ulrike sonst niemanden in ihre Wohnung ein. Aber bei Ingrid fühlte es sich richtig an. Fast so, als hätte sie ihr Leben lang nur darauf gewartet, Ingrid kennenzulernen.

»Ich kann allerdings nur Spaghetti mit Tomatensoße kochen. Ich hoffe, das schreckt dich nicht ab«, fragte Ingrid.

Ulrike riss die Augen auf.

Ingrid konnte nicht kochen?

Dann lächelte sie verträumt vor sich hin, als sie überlegte, mit wie vielen leckeren Rezepten sie Ingrid verwöhnen konnte.

»Macht nichts. Wie wäre es mit Arbeitsteilung: Ich verführe dich in der Küche und du mich mit deinen betörenden Komplimenten?«

Ulrikes Herz klopfte bis zum Hals, als Ingrid nicht sofort antwortete. War sie zu voreilig gewesen? Hatte sie Ingrid am Ende doch falsch verstanden? Vielleicht sollte sie sich doch besser wieder zurückziehen, sich für das Mittagessen bedanken und beim Essen noch ein paar Blumensträuße auf Vorrat binden.

Gerade, als Ulrike ihre Finger aus Ingrids lösen wollte, nickte Ingrid langsam.

»Hoffentlich bekomme ich das hin, denn ich liebe leckeres Essen«, sagte Ingrid leise.

Ulrike glaubte nicht richtig zu hören. Die selbstsichere Ingrid mit dem teuren Hosenanzug gab gerade zu, dass sie nicht nur nicht kochen konnte, sondern auch mit Komplimenten nicht so gut war? Ulrike blinzelte und versuchte zu erfassen, was sie gerade erlebte.

»Ich bin auch nicht gut mit Komplimenten, aber deine von vorhin waren eine wundervolle, herzerwärmende, prickelnde Ausnahme«, murmelte Ulrike ebenso leise. Es fühlte sich seltsam an, so viele Adjektive in einen Satz zu packen. Andererseits hatte sie Ingrids Kompliment wirklich gemocht.

Jetzt mochte Ulrike das Kompliment noch viel mehr, weil sie wusste, dass Ingrid tatsächlich sie gemeint hatte. Sie würde die Worte ganz sicher immer in Erinnerung behalten.

Von der Tür klang die Glocke durch den Laden. Der nächste Kunde!

Erschreckt und ertappt, richtete Ulrike sich auf und löste hastig ihre Finger aus Ingrids Händen. Sie war immer noch bei der Arbeit. Sie hatte den Blumenladen um sich herum vollständig vergessen. In Ingrids blauen Augen könnte Ulrike sich stundenlang verlieren. Ihre Finger fühlten sich ganz kalt an, so weit weg von Ingrid.

»Dann holst du mich heute Abend um halb acht hier ab?«, fragte Ulrike noch schnell, bevor sie sich, nach Ingrids Nicken, zu dem neuen Kunden umdrehte.

Schweren Herzens, aber sie war bei der Arbeit. Außerdem würde sie Ingrid heute Abend ganz ungestört für sich haben. Zu Hause. Ohne Zuschauer. Ohne Kellner, die fragten, ob es noch etwas sein durfte. Aber mit ganz viel Zeit, um sich näherzukommen und sich kennenzulernen.

»Ich schreibe meine Telefonnummer auf die Schachtel, falls sich etwas ändert, oder ich etwas einkaufen kann, damit es mit dem Kochen schneller geht«, sagte Ingrid neben ihr.

Ulrike nickte selig lächelnd. Der Valentinstag war vielleicht, nur vielleicht, doch nicht so schlimm, wie sie befürchtet hatte. Jedenfalls nicht, wenn sie so eine wundervolle Frau wie Ingrid dabei kennenlernen durfte.

Ingrid

Ingrid lief mit beschwingten Schritten die Fußgängerzone hinunter. Zum dritten Mal heute steuerte sie auf den Blumenladen »Duftende Rosen der Liebe« zu. Dieses Mal jedoch mit einem leichten und vor Vorfreude heftig klopfenden Herzen. Über ihrer Schulter hing, neben ihrer Handtasche, eine schwere Stofftasche mit Zutaten.

In Gedanken ging sie die Einkaufsliste durch, die Ulrike ihr am Nachmittag geschickt hatte. Sie hatte alles eingekauft. Zusätzlich hatte sie noch ein paar mit Schokolade überzogene Trockenfrüchte und einen Strauß roter Rosen eingekauft. Jetzt freute sie sich darauf, Ulrikes warmes Lachen wiederzusehen. Ob sie vielleicht sogar einen Kuss wagen konnte? Zur Begrüßung?

Ingrid strich mit ihrem Handrücken ein paar Löckchen aus ihrer Stirn. Das Papier, das sie in der Hand festhielt, raschelte leise.

Sie hatte im Supermarkt nicht nur die Zutaten von Ulrikes Einkaufsliste gekauft, sondern auch einen Strauß roter Rosen. Ein Strauß, der für Ulrike war. Die Blüten dufteten nicht annähernd so verführerisch, wie die Blumen in dem Blumenladen, aber sie wollte Ulrike Rosen schenken. Rosen, die sie nicht selbst binden musste.

Ingrid mochte es nicht, sich privat um ihre eigenen Rechnungen zu kümmern, während es ihr bei der Arbeit richtig Vergnügen bereitete, Fehler zu suchen. Sie konnte sich vorstellen, dass es Ulrike ähnlich ging. Bei der Arbeit liebte sie es, Blumen zu Sträußen zu binden. Für sich selbst tat sie das vermutlich nicht.

Die kalte Nachtluft kniff in Ingrids Wangen. Der matschige Schneerest in der Fußgängerzone platschte unter ihren Schritten. Zum Glück hielt ihre Winterjacke sie schön warm. Nur ihre Hände wurden kalt. Sie griff das raschelnde Papier fester. Bald war sie da.

Ihr Magen knurrte schon erwartungsvoll. Seit sie die langen, dunkelgrünen Blätter des Schwarzkohls umfasst hatte. Offensichtlich hatte Ulrike vor, heute noch etwas Größeres zu kochen, wenn Ingrid so an die Einkaufsliste dachte. Kichererbsen im Glas, Cashews, Schwarzkohl, Zwiebeln, Knoblauch, Mangos und eine Flasche roten Traubensaft. Was sich daraus kochen lassen sollte, erschloss sich Ingrid noch nicht, aber der Schwarzkohl hatte interessant ausgesehen. Ein Gemüse, welches Ingrid ohne Aufforderung sicher nicht gekauft hätte. Sie war schon gespannt, wie er schmecken würde und wie die süßen Mangos dazu passten.

Die Einkäufe hingen schwer an Ingrids Schulter, als sie endlich das Schaufenster vom Laden »Duftende Rosen der Liebe« erblickte. Sie lächelte glücklich. Das Schaufenster war mit einem warmen, gelben Licht erleuchtet. Genau wie alle anderen Schaufenster in der Fußgängerzone links und rechts daneben. Aber aus irgendeinem Grund stach das eine Schaufenster für Ingrid aus der Masse heraus. Vermutlich, weil es der Laden war, in dem Ulrike arbeitete.

Die Straßenlaternen leuchteten grellweiß in der Dunkelheit des Februarabends. Die Straße glitzerte und Ingrid verlangsamte ihre Schritte. Ihre Winterstiefel hatten ein Profil, aber sie wollte es nicht riskieren, auf den letzten Metern auszurutschen. Besonders, nachdem sie sich den ganzen Nachmittag über kaum auf ihre Arbeit hatte konzentrieren können. Sie hatte so oft auf ihr Smartphone geschaut, dass es sogar ihren Kollegen aufgefallen war.

Sie dachte flüchtig an die fragenden Blicke, die ihr mehr als einmal zugeworfen worden waren. Sehr sicher würde sie, nachdem der Klatsch um ihren Chef abgeebbt war, das nächste Thema werden. Besonders, weil die lila Tulpe immer noch auf ihrem Schreibtisch stand. Aber in diesem Moment, bemerkte Ingrid, war ihr das vollkommen egal.

Endlich erreichte sie den Laden. Das war viel wichtiger, als der Klatsch und Tratsch im Büro.

Die Türe war bereits abgeschlossen.

Ingrid sah durch das Glas in den Verkaufsraum hinein. Ulrike ging herum und trug Blumenkübel weg. Die Fläche, die heute Morgen und am Mittag voller Blumen gewesen war, war beinahe abgeräumt. Nur noch weiß-schwarz-gemusterte Fliesen waren zu sehen, hin und wieder ein verlorenes Blatt und der breite, dunkle Arbeitstisch.

Ingrid klopfte mit ihren Fingerknöcheln gegen die harte, kalte Glasscheibe. Hinter ihr war die Straße dunkel, leer und still. Im Gegensatz zum Tag schien die Fußgängerzone jetzt ganz ausgestorben zu sein.

Drinnen fuhr Ulrike herum. Sie runzelte die Augenbrauen, so als würde das Klopfen sie stören.

Ingrid schluckte trocken.

Hatte Ulrike es sich anders überlegt? Oder kam sie gar ungelegen? Hoffentlich nicht!

Statt schüchtern zurück in den Schatten der Nacht zu treten, hob Ingrid ihren Arm und winkte. Sie wusste, dass sie ein bisschen zu früh war. Im Zweifel würde sie beim Aufräumen der restlichen Blumen helfen.

Drinnen hellte sich Ulrikes Miene auf und sie kam zur Türe herüber.

Der Kloß in Ingrids Magen verschwand und ihr wurde leichter zumute. Ulrike hatte es sich ganz offensichtlich nicht anders überlegt. Sicher war sie nur konzentriert bei der Arbeit gewesen. Ihre Kollegen, erinnerte sich Ulrike, sagten auch von ihr, dass sie miesepetrig aussah, wenn sie in ihrer Konzentration unterbrochen wurde.

Ulrike

Das Klopfen an der Ladentüre schreckte Ulrike aus ihrem konzentrierten Arbeiten auf. Statt den nächsten Kübel mit Schnittblumen hochzuheben und hinaus in das kühle Lager zu tragen, richtete sie sich auf und drehte sich um. Mit zusammengezogenen Augenbrauen schaute sie auf die Glastüre und versuchte in das undurchdringliche Dunkel dahinter zu sehen.

Ihr Rücken schmerzte und sie stemmte die Hände in ihr Kreuz.

Den ganzen Tag im Laden herumgehen und sich ständig zu bücken, war harte Arbeit. Ihre Füße brannten vom vielen Stehen und gehen. Die Aussicht, noch einen Kunden zu bedienen, der sich verspätet hatte, freute sie gar nicht. Ganz besonders nicht, weil sie fertig werden wollte mit dem Aufräumen. Schließlich hatte sie sich mit der süßen Ingrid verabredet. Die würde in einer Viertelstunde mit den Einkäufen kommen.

Ulrike seufzte.

So besonders würde das Abendessen heute leider nicht werden. Nur eine schnelle Wintergemüsepfanne und ein kleiner Salat. Mehr, das hatte sie sich am Nachmittag eingestehen müssen, als sie die Einkaufsliste verschickt hatte, würde sie, müde wie sie war, heute nicht mehr schaffen. Hoffentlich mochte Ingrid Kohl und Mango. Immerhin hatte sie nicht mit einem entsetzten »Nein« auf die Einkaufsliste geantwortet, sondern mit einem »wird erledigt«, beruhigte Ulrike ihre Nerven.

Sie reckte ihre Arme über den Kopf und betrachtete die Türe.

Wer mochte so spät am Abend noch an die Ladentüre klopfen? Es war doch ganz offensichtlich geschlossen!

Draußen winkte jemand.

Dann sah sie etwas funkelndes Aufblitzen. Ein Ohrring? Das musste Ingrid sein!

Ingrid war zu früh!

Hektisch sah Ulrike sich um. Sie war noch nicht fertig mit Aufräumen!

Sie konnte Ingrid aber auch nicht vor der Türe frieren lassen. Am Ende dachte sie noch, Ulrike hätte es sich anders überlegt und ging wieder.

Ulrike wischte schnell ihre Hände an ihrer Jeans ab und eilte auf die Türe zu. Sie hatte Ulrike erst in einer Viertelstunde erwartet, sich aber trotzdem so sehr beeilt, dass sie beinahe in Rekordzeit die Blumen aufgeräumt hatte. Nur noch wenige Eimer waren wegzuräumen. Trotz ihrer schmerzenden Füße und ihres müden Rückens ging sie schneller.

Sie setzte ein Lächeln auf und griff nach dem Schlüssel, der noch im Schloss steckte, um für Ingrid aufzuschließen. Insgeheim freute sie sich, dass sie Ingrid so wichtig war, dass diese es nicht abwarten konnte, sie wiederzusehen und deswegen früher kam. Ihr Herz schlug schneller und in ihrem Bauch flatterte es warm und aufgeregt, als würden die Schmetterlinge darin einen wilden Frühlingstanz aufführen.

Ulrike drehte den harten Schlüssel im Schloss und zog die Türe auf.

»Hereinspaziert«, sagte Ulrike.

Mit Ingrid wehte die eisige Nachtluft des Februars mit herein, die frisch und unparfümiert roch. Eine Erfrischung, nach den vielen Blütendüften im Raum. Der Winter hatte die Stadt noch voll im Griff, auch wenn der Schnee tagsüber langsam weniger wurde in der wärmer werdenden Sonne. Darum schloss Ulrike die Türe hinter Ingrid schnell wieder ab.

»Guten Abend, Ulrike«, sagte Ingrid, ging ein paar Schritte in den Raum hinein und drehte sich wieder zu ihr um. In der Stofftasche über ihrer Schulter knisterte es. In einer Hand hielt sie, in Papier vom Supermarkt eingewickelt, etwas, das wie ein Blumenstrauß aussah.

Ulrike verriegelte die Türe und drehte sich zu Ingrid um. Was hatte sie mit dem Blumenstrauß vor?

»Hier«, sagte Ingrid und hielt ihr den Strauß vor die Nase. »Die sind für dich, damit auch du dich am Valentinstag über Blumen freuen kannst, statt sie immer nur für andere zu binden.«

Ulrike starrte auf den Strauß roter Supermarktrosen.

Ihre Sicht verschwamm.

Sie blinzelte.

Warum nur wurden ausgerechnet jetzt ihre Augen feucht? Etwa wegen dieser Rosen?

»Ich ... aber«, stotterte Ulrike.

Nie hätte sie erwartet, dass sie von Ingrid Blumen bekommen würde. Überhaupt konnte sie sich nicht erinnern, dass ihr jemals Blumen geschenkt worden waren. Dabei liebte sie Blumen. Es war ein Grund, warum sie Floristin geworden war. Sie war den ganzen Tag von wunderschönen Blumen umgeben.

Ingrid kam einen Schritt näher. Das Papier um die Blumen herum knisterte, als es sich gegen Ulrikes Brust drückte.

»Ich weiß, sie sind nicht so schön, wie die Rosen hier im Laden. Sie duften auch nicht so gut. Aber ich wollte dir eine Freude damit bereiten, nicht dich zum Weinen bringen«, sagte Ulrike leise.

Ingrid wischte sich mit dem Handrücken über die Augen.

»Ich ... Danke«, brachte Ulrike schließlich hervor. »Noch niemand hat mir rote Rosen geschenkt.«

Sachte nahm sie Ingrid den Strauß ab und senkte den Kopf, um an den Blumen zu riechen. Das Papier war glatt an ihren Händen und sie konnte die harten Stängel der Rosen darunter an ihrer Handfläche spüren. Die Blumen selber rochen gar nicht. So wie es bei Schnittblumen fast immer der Fall war. Auch die Blumen, die sie verkaufte, würden nach nichts riechen, wenn sie nicht, als Service für den Kunden, mit Parfum besprüht werden würden.

»Als ich dich heute Nachmittag mit einem Strauß roter Rosen für einen Kunden gesehen habe«, sagte Ingrid, »da wusste ich, dass ich dir unbedingt welche kaufen musste. Du sahst so wunderschön aus, mit den roten Rosen im Arm und deinem glücklichen Lächeln im Gesicht. So wie jetzt. Sie passen einfach ganz zauberhaft zu dir.«

Ingrid hielt inne und schlug sich die Hand vor den Mund.

»Entschuldige, ich rede schon wieder zu viel«, murmelte Ingrid.

Ulrike schüttelte lachend den Kopf. Nachdem sie inzwischen wusste, dass Ingrid die Komplimente nicht machte, um an ihr zu üben, konnte sie sie genießen. Ulrike stellte fest, dass sie sich geradezu darüber freute.

»Vielen Dank«, murmelte Ulrike und blinzelte immer noch heftig gegen ihre Freudentränen an. »Die Blumen können wir auf den Tisch zum Abendessen stellen.«

Sie hörte, wie Ingrid erleichtert ausatmete und sie anlächelte. Ihre blauen Augen strahlten.

Ulrike trat näher zu Ingrid.

»Ich mag deine Komplimente. Sie sind wunderschön, ausgefallen und erfrischend ehrlich«, sagte Ulrike. Sie selbst wusste leider keine ausgefallenen Komplimente. Dafür würde sie für Ingrid und sich ein leckeres Abendessen kochen.

»Ich habe alles eingekauft«, sagte Ingrid. »Ich kann dir auch mit den restlichen Eimern helfen, damit du schneller fertig wirst.«

Ulrike nickte zustimmend. Sie legte den Blumenstrauß auf ihren Arbeitstisch. Die Rosen, so günstig sie im Supermarkt auch sein mochten, waren für sie viel wertvoller, als die teuren Blumen, die sie noch in den Kühlraum tragen musste. Denn die Rosen waren von Ingrid. Für sie. Sie würde dafür die besondere Vase aus geschliffenem Kristall aus dem Schrank nehmen, um sie schön zu präsentieren.

Ingrid

Ingrid streckte langsam ihren Arm unter der warmen Bettdecke hervor und griff nach dem Wecker auf dem Nachttisch. Leise stellte sie den Wecker aus, bevor er klingelte. Noch leiser, immer darauf bedacht, nur ja kein Geräusch zu machen, schlich sich aus dem Bett. Auf keinen Fall wollte sie Ulrike wecken. Nicht, nachdem es gestern Abend beim Tanzen im Club so spät geworden war.

Im Zimmer war es kühl und Ingrid schauderte. Eine Gänsehaut überzog ihren Körper noch bevor sie mit ihren nackten Füßen vom weichen Teppichboden auf die kalten Fliesen im Flur trat. Am liebsten wäre sie im warmen Bett geblieben. Aber sie hatte Pläne für heute. Pläne, für die sie aufstehen musste.

Leise schloss Ingrid die Schlafzimmertüre hinter sich und ging ins Bad. Sie räkelte sich und dachte kurz an die vergangene Nacht. Sie hatten ihr einjähriges Jubiläum als Paar gefeiert und ausgelassen gelacht und getanzt. Ingrid konnte die Musik immer noch in ihren Ohren dröhnen hören.

Am liebsten wäre sie heute mit Ulrike im Bett geblieben. Das würde sie auch später noch tun und ausgiebig genießen.

Zuerst gab es noch eine klitzekleine Kleinigkeit, die sie erledigen musste, dann würde sie wieder zu Ulrike ins Bett kuscheln.

Ingrid zog sich an und spritzte sich kaltes Wasser ins Gesicht, um vollends aufzuwachen. Sie musste den Strauß roter Rosen aus dem Blumenladen »Duftende Blumen der Liebe« abholen, den sie dort vor zwei Tagen bestellt hatte. Gleichzeitig hatte sie sichergestellt, dass Ulrike heute freibekam. Quasi als Überraschung. Eine Überraschung, welche ihre Chefin ihr noch nicht verraten hatte. Darum wollte Ingrid sich selbst kümmern.

Zurück im Flur zog sie die Winterstiefel und die Winterjacke an. Auf Zehenspitzen schlich sie aus der Wohnung, die sie sich seit einigen Monaten mit Ulrike teilte. Ob sie Ulrike dazu überreden könnte, morgen die Winterkohlpfanne zu kochen, die sie bei ihrem ersten gemeinsamen Abendessen gekocht hatte? Ingrid leckte sich über ihre Lippen. Die Mischung aus Schwarzkohl und süßer Mango war ein geschmackliches Erlebnis gewesen, wie sie vorher noch keines entdeckt hatte. Sie hatte sogar schon die Zutaten eingekauft und im Kühlschrank verstaut.

Auf dem Weg zum Blumenladen dachte sie an das vergangene Jahr zurück. Es war die beste Extraaufgabe ihres Lebens gewesen, den Blumenstrauß für ihren Chef abholen zu müssen. Zum Glück war heute ein Samstag und Ingrid musste nicht zur Arbeit. Sie würde den Tag mit Ulrike genießen. Erst bei einem gemeinsamen Frühstück im Bett und später bei einem wundervollen Mittagessen in ihrem gemeinsamen Lieblingsrestaurant. Ihre Freundin sollte heute nicht in der Küche stehen. Erst morgen wieder, gemeinsam mit ihr, um zu kochen, zu lachen und sich dabei gegenseitig Küsse zu stehlen.

Ingrid lief beschwingt durch die Fußgängerzone. Dieses Jahr war der Schnee zum Valentinstag bereits geschmolzen. Obwohl die Straße trocken war, war es eisig kalt. Sie zog den Kragen ihrer Winterjacke enger um ihren Hals und stieß dabei gegen ihre Diamantohrringe, die von ihren Ohrläppchen baumelten. Kurz strich sie mit ihren Fingerspitzen darüber. Eigentlich brauchte sie die Ohrringe nicht mehr, um sich schön zu fühlen. Trotzdem trug sie sie immer noch. Sie erinnerten sie an den Tag, an dem sie Ulrike kennengelernt hatte, und daran, dass Ulrike sie im Dunkeln erkannt hatte, weil das Licht in den geschliffenen Kristallen reflektiert wurde.

Der leckere, warme Duft knuspriger Brötchen lenkte Ingrids Gedanken zurück in die Gegenwart. Beim Bäcker bog sie kurz ab, kaufte zwei Croissants und einige Vollkornkörnerbrötchen und ging dann zügig weiter. In wenigen Minuten öffnete der Blumenladen. Sie wollte unbedingt als erste Kundin da sein, bevor sich eine lange Schlange bildete.

Vor dem Laden stieß sie mit einem Mann zusammen, der gleichzeitig zur Türe hinein wollte.

»Ich war zuerst da«, sagte eine tiefe Männerstimme, die Ingrid sehr bekannt vorkam.

Sie sah hoch. Vor ihr stand Felix. Ulrikes jüngerer Bruder.

»Oh nein, das war ich und du hältst mich heute nicht auf, Felix«, sagte Ingrid und schüttelte den Kopf.

Lachend schob sie Ulrikes jüngeren Bruder zur Seite. Ihre Winterjacken rieben knisternd übereinander, aber Felix gab nach. Dabei sah Ingrid über seine Schulter hinweg Julius, der hinter ihm stand und entschuldigend lächelte.

»Er hat es wie immer eilig. Tut mir leid«, sagte Julius.

Ingrid nickte Julius zu und drängte sich an Felix vorbei. Normalerweise nahm sie sich ein paar Minuten Zeit, um mit Julius zu plaudern, wenn sie die beiden traf, aber heute hatte sie andere Pläne.

»Hey, ich will meine Schwester zuerst begrüßen«, rief Felix hinter Ingrid her.

Ingrid ignorierte ihn und marschierte zügig zwischen den Blumenkübeln hindurch auf den Arbeitstisch zu, hinter dem heute ein Kollege von Ingrid stand, den sie noch nicht kannte. Vermutlich die kurzfristige Vertretung, um welche die Chefin sich bemühen musste. Aber das war nicht Ingrids Problem.

»Guten Morgen. Einmal den großen Strauß roter Rosen für Ulrike«, sagte Ingrid.

»Was?«, fragte Felix hinter ihr und klang etwas atemlos.

Offensichtlich hatte er nicht so viel Übung darin, die verschlungenen Wege zwischen den Blumenkübeln zu navigieren. Oder er ließ sich von den vielen verschiedenen Düften ablenken. Etwas, das Ingrid nur passierte, wenn Ulrike im Laden stand. Was fast immer galt. Aber nicht heute.

»Wo ist Ulrike?«, fragte Felix und sah sich suchend um.

Der Mann hinter dem Arbeitstisch hatte ihnen schon den Rücken zugedreht und verschwand gerade zwischen den Vorhängen.

»Im Bett. Sie schläft noch«, sagte Ingrid liebenswürdig und lehnte sich entspannt gegen die Kante des Arbeitstisches. »Nicht, dass es dich etwas angeht, Felix«, fügte Ingrid liebenswürdig hinzu.

Sie wusste, dass sie ihn gleich noch mehr verblüffen würde. Irgendwie war er ja süß, wie er immer noch nicht verstehen konnte, dass Ulrike mit ihr glücklich war. Genauso süß wie es war, dass er immer noch nicht gemerkt hatte, dass Julius in ihn verliebt war. Vielleicht hing das auch beides zusammen. Selbstverleugnung und Verdrehen der Tatsachen, um weder die eine, noch die andere Beziehung anzuerkennen.

So süß der kleine Bruder ihrer Partnerin auch war, er hatte offensichtlich immer noch nicht verstanden, dass Ulrike jetzt in einer festen Partnerschaft war und er aufhören konnte, ihr einen Mann nach dem anderen vorzustellen. Normalerweise waren das sehr amüsante Treffen. Besonders wenn Ingrid ihre Mittagspause bei Ulrike verbrachte und sie einfach in ihre Arme zog und sie küsste. Bisher hatte das noch jeden Mann verscheucht, aber nicht Felix und seine Versuche entmutigt.

»Aber …«, begann Felix.

»Die Rosen«, sagte der Mann und trat mit einem großen Strauß wieder an den Tisch. »Soll ich noch einen Blumenstecker hinzufügen?«

Ingrid ließ ihren Blick über den Arbeitstisch schweifen. Am Rand waren die Dekorationen aufgebaut, die sie schon kannte. Daneben standen die besonderen Dekorationen für den Valentinstag. Rote Herzen, ineinander verschlungene Ringe, Hochzeitspaare und ganz viel Glitzer.

»Die verschlungenen Ringe«, sagte Ingrid.

Neben ihr schnappte Felix hörbar nach Luft. Julius lachte leise.

Ingrid ignorierte beide. Sie würde sich heute endlich trauen, nahm sie sich vor, und beim gemeinsamen Frühstück Ulrike um ihre Hand bitten. Oder vielmehr, ihre eigene Hand anbieten? Wie auch immer, sie würde sich heute trauen. Nach einem Jahr Partnerschaft war sie sich ganz sicher, dass Ulrike für sie die Frau fürs Leben war.

Der Mann nickte, steckte die Dekoration in den Strauß und packte ihn fertig ein.

Ingrid hielt ihm ihre Karte zum Bezahlen hin. Hinter sich hörte sie die Glocke der Türe, welche die nächsten Kunden ankündigte. Felix neben ihr schnappte immer noch nach Luft und schien nach den richtigen Worten zu suchen.

»Beruhige dich, Felix«, sagte Julius und legte Felix eine Hand auf die Schulter. »Ingrid ist genau die richtige Frau für deine Schwester. Sie hat mich letztes Jahr schon abgelehnt und wird das auch weiterhin tun. Wie ich übrigens auch.«

»Wie, du willst sie nicht?« Felix schien ernsthaft überrascht zu sein.

Ingrid grinste.

Das mussten die beiden miteinander klären. Da würde sie sich nicht einmischen. Aber vielleicht, nur vielleicht könnte sie mit Ulrikes Geschwistern eine Wette darüber eröffnen, wie lange es noch dauern würde, bis Felix entweder erkannte, dass Julius in ihn verliebt war, oder bis Julius es Felix in uneindeutigen Worten sagte. Wie wahrscheinlich war es, dass Felix sich seine Gefühle am Ende eingestehen würde? Darüber wollte Ingrid lieber keine Wette eingehen.

»Einen schönen Valentinstag euch beiden. Ihr seht einfach süß miteinander aus«, sagte Ingrid, packte ihren Strauß süß duftender, roter Rosen und verließ den Laden, ohne auf eine Antwort von Felix zu warten. Sogar durch das knisternde Papier hindurch konnte sie die Rosen riechen, die so intensiv dufteten. Das dunkle Rot ihrer Blüten würde perfekt zu Ulrike passen.

Ingrid beeilte sich auf dem Heimweg. Sie wollte Ulrike überraschen.

Ulrike

Das Bett war so warm, weich und gemütlich, dass Ulrike gar nicht aufwachen wollte. Sie räkelte sich und rollte sich auf die Seite, auf der Ingrid schlief. Nachdem ihr Wecker noch nicht geklingelt hatte, wollte sie noch ein bisschen kuscheln. Heute würde wieder ein langer Tag bei der Arbeit werden. Natürlich hatte sie vergessen, rechtzeitig vor dem Valentinstag einen freien Tag zu beantragen.

Ulrike drehte sich weiter und tastete nach Ingrid.

Wie weit war ihre Freundin nur an den Rand des Bettes gerückt im Schlaf?

Ihre Hand fasste schließlich ins Leere, als das Bett zu Ende war.

Ulrike setzte sich abrupt auf, schaltete das Licht auf dem Nachttischchen auf ihrer Seite an und sah sich um. Obwohl die Lampe nur einen kleinen Teil des Schlafzimmers erhellte, sah sie deutlich, dass sie alleine im Bett war. Ingrids Bettdecke lag platt auf der Matratze und ihr Kopfkissen war leer. Ulrike strich mit ihrer Hand über das Kissen. Kalt. Ingrid war nicht gerade eben erst aufgestanden.

Ulrike sah sich um. Im schwachen Licht konnte sie erkennen, dass auch Ingrids Kleider nicht auf dem Stuhl am Fußende des Bettes lagen wie sonst immer. Ihre eigenen Kleider von der wilden Clubnacht dagegen lagen wild durcheinander auf ihrem Stuhl. Sie lächelte bei der Erinnerung daran, mit wie viel Freude sie gemeinsam getanzt hatten. Bestimmt würde Ingrid gleich zurückkommen.

Sie ließ sich zurück in ihr Kissen fallen, drehte sich auf die Seite und wollte gerade die Bettdecke wieder über sich ziehen, da fiel ihr Blick auf ihren Wecker. Sie hatte verschlafen! Der Blumenladen hatte vor einer halben Stunde geöffnet und sie sollte im Laden stehen, Blumen verkaufen und Sträuße binden.

Wie hatte ihr das nur passieren können? Hatte sie vergessen den Wecker zu stellen?

Hastig sprang sie aus dem Bett und rannte in den Flur. Sie musste duschen, saubere Kleider finden und so schnell wie möglich zur Arbeit, bevor wütende Kunden ihre Chefin anriefen. Auf ein langes Gespräch mit ihrer Chefin hatte sie heute überhaupt keine Lust.

Bevor sie die Kurve ins Bad bekam, ging die Wohnungstüre auf.

Ulrike blieb wie angewurzelt auf den kalten Fliesen im Flur stehen. Gänsehaut breitete sich auf ihren Beinen aus, aber sie rührte sich nicht. Stattdessen starrte sie auf die Wohnungstüre. Dort kam ein riesiger Strauß auf Beinen herein. Mit ihm kam ein eisiger Luftzug aus dem Treppenhaus und der schwere Duft parfümierter Rosen, wie sie im »Duftende Rosen der Liebe« verkauft wurden. Ulrike schluckte trocken, bei der Erinnerung daran, dass sie nicht nur verschlafen hatte, sondern viel zu spät dran war.

Moment!

Wenn der Blumenstrauß auf Beinen gerade zur Wohnungstüre hereinkam, dann hieß das doch, dass jemand anderes den Laden geöffnet hatte, oder?

Sie atmete langsam aus. Offensichtlich passierten heute Dinge, die sie noch nicht überblickte. Aber ein geöffneter Laden bedeutete, keine wütenden Kunden und keine Gespräche mit ihrer Chefin.

Ulrike wackelte mit ihren nackten, kalten Zehen. Der Versuch, sie so ein wenig aufzuwärmen, oder zumindest nicht ganz so schlimm zu frieren, schlug fehl.

Der Blumenstrauß machte einen Schritt auf sie zu. Sehen konnte sie die Rosen noch nicht, weil sie in Papier eingeschlagen war. Dafür sah sie die Beine unter dem Strauß. Beine, die sie kannte. Es waren Ingrids schwarzen Winterstiefel, die da gerade in die Wohnung stapften.

»Guten Morgen, liebste Ulrike«, erklang Ingrids Stimme hinter dem Strauß. »Herzlichen Glückwunsch zum Valentinstag. Du hast heute frei und kannst ganz gemütlich mit mir zurück ins Bett kuscheln.«

Hatte sie gerade richtig gehört? Sie hatte frei?

»Ich habe das vor zwei Tagen mit deiner Chefin geklärt«, fuhr Ingrid fort und zog das Papier oben vom Strauß. Eine unglaubliche Anzahl tief dunkelroter Rosen wurde sichtbar. Der schwere, süße, verführerische Duft vervielfältigte sich.

Ulrike brachte kein Wort heraus. Sie starrte auf die roten Rosen und auf die Beine darunter. Vage vernahm sie das leise Klicken der

Wohnungstüre wahr, die geschlossen wurde. Ein Funkeln inmitten der Rosen zog ihre Aufmerksamkeit auf sich. Sie sah genauer hin. Dort, in dem Strauß aus unzählig vielen roten Rosen, steckte ein Blumenstecker aus zwei ineinander verschlungenen Ringen. Genau die gleichen Blumenstecker, die sie, wie im Vorjahr, für die Valentinstagsdekoration bestellt hatte.

»Guten Morgen, Ingrid«, sagte Ulrike langsam, mangels einer besseren Idee. Hatte Ingrid diesen Blumenstecker ausgesucht, oder hatte, wer auch immer heute im Blumenladen arbeitete, ihn selbst ausgewählt, nachdem er diesen riesigen Strauß gebunden hatte?

Sie versuchte, sich zu sammeln. Etwas, das ihr beim Anblick des riesigen Rosenstraußes gar nicht so leicht fiel. Sie hatte sogar beinahe ihre kalten Zehen vergessen. Beinahe, denn die Gänsehaut kribbelte jetzt auch über ihre Arme.

»Im Blumenladen ist sicher schon das Chaos ausgebrochen, weil ich nicht da bin, um eine Übergabe zu machen«, murmelte Ulrike und dachte an den Zettelstapel mit Bestellungen, die alle für heute waren.

Ingrid lachte leise und schaute endlich um den Strauß herum. Ihre kleinen Löckchen rahmten ihr Gesicht immer noch so süß und bezaubernd ein wie immer. Ihre Ohrringe reflektierten das Licht und funkelten. Ulrike juckte es in den Fingern, den Blumenstrauß beiseite zu legen und Ingrid in ihre Arme zu ziehen und zu küssen. So schön die Blumen waren, Ingrid war noch viel schöner und lieblicher.

»Keine Sorge, deine Chefin hat eine Vertretung organisiert. Es läuft alles tadellos«, sagte Ingrid. »Außerdem bin ich Felix begegnet. Er hat immer noch nicht kapiert, dass Julius in ihn verliebt ist. Ich wette, dass er es nächstes Jahr immer noch nicht verstanden haben wird.«

Ingrid lachte fröhlich.

Ulrike nickte langsam. Je mehr Ingrid erzählte, umso mehr Sinn ergab alles. Schließlich fiel sie in Ingrids Gelächter ein. Ihr Bruder war wirklich ein hoffnungsloser Fall. Als sie Julius zuletzt gesehen hatte, hatte er ihr erzählt, dass Felix jetzt versuchte, für ihn eine geeignete Frau zu finden. Aber noch war Julius nicht bereit gewesen, aufzugeben oder direkter zu werden. Manchmal fragte Ulrike sich, wie lange seine Geduld wohl anhalten würde.

Ein kalter Schauder lief durch ihren Körper und erinnerte sie daran, dass sie im kurzen Spitzennachthemd und barfuß auf den kalten Fliesen im Flur stand. Hastig tappte sie zurück ins Schlafzimmer,

in dem es nicht nur kuschelig warm war, sondern der Teppichboden
ihre Füße warm hielt.

»Kommst du wieder ins Bett?«, fragt Ulrike.

Neugierig und nun definitiv wach steckte Ulrike ihren Kopf wieder zur Türe hinaus in den Flur, in dem Ingrid gerade ihre Winterstiefel an der Garderobe abstellte und dabei den Rosenstrauß von einer Hand in die andere balancierte.

»Sind die wirklich alle für mich? Oder wolltest du die Hälfte für dich behalten?«, fragte Ulrike. So einen großen Rosenstrauß band selbst sie selten. Ingrid hatte es übertrieben. Eine Übertreibung, die sie viel zu schön fand, um etwas anderes dazu zu sagen wie »Dankeschön«. Sie würde die Rosen genießen und ein paar davon trocknen, um sich immer an diesen wunderschönen Tag zu erinnern.

Schließlich hatte Ingrid sich fertig ausgezogen und einen Stoffbeutel, der sich ausbeulte, als wären Brötchen darin, auf den Boden gestellt. Sie drehte sich zu ihr um.

»Liebste Ulrike«, sagte Ingrid und kam langsam näher.

So langsam, dass Ulrike anfing, sich zu fragen, was sie noch vorhatte. Ihr Blick fiel wieder auf den glitzernden Blumenstecker, der zwischen den dunkelroten Rosen hervorstach. Ihr Herz schlug schneller. Würde sie heute die Antwort auf ihre Frage bekommen? Traute Ingrid sich? Oder war der Stecker von einem Kollegen ausgesucht worden, welcher der Meinung war, er würde besonders gut passen?

Ulrike kaute auf ihrer Unterlippe herum und traute sich nicht zu fragen. Gleichzeitig zog sich die Stille spannungsgeladen in die Länge. Immerhin kam Ingrid weiter auf sie zu.

»Willst du«, begann Ingrid. Ulrike hielt den Atem an, um nur ja kein Wort zu verpassen. »Meine Frau werden?«, beendete Ingrid die Frage.

Ulrike nickte heftig.

Der Kloß in ihrem Hals hinderte sie daran, etwas zu sagen.

Ingrid strich sich mit einer zitternden Hand eines ihrer süßen Löckchen aus der Stirn. Natürlich fiel das Löckchen sofort wieder zurück in ihre Stirn. So, wie sie es immer taten.

»Ich dachte schon, du fragst mich nie«, platzte Ulrike heraus, als sich der Kloß in ihrem Hals auflöste. Ihr Herz raste vor Freude. »Besonders nicht, nachdem du meine Frage mit deinem Wunsch nach Bedenkzeit beantwortet hast.«

Ohne auf den kalten Boden und ihre nackten Füße zu achten, stürmte Ulrike zurück in den Flur und riss Ingrid mitsamt dem Rosenstrauß in ihre Arme. Das Papier knisterte. Harte Stängel drückten sich gegen ihre Brust.

»Ja. Ja. Ja!«, rief Ulrike und drückte Ingrid fest an sich. »Ich will deine Frau werden!«

Ein paar der Rosenblütenblätter strichen seidig über ihre Wange, als sie sich vorbeugte und mit ihren Lippen Ingrids Lippen streifte. Die Blütenblätter waren weich und kühl. Ingrids Lippen waren warm und weich und genau das, was sie jetzt spüren wollte.

Ulrike tastete mit einer Hand nach Ingrids Hand. Sie nahm ihr, ohne den Kuss zu unterbrechen, den Strauß ab und ließ ihn auf den Boden sinken. So schön die Blumen waren, Ingrid war noch viel schöner.

Ulrike zog Ingrid enger an sich, bis sie Ingrids warmen Pullover, ihre geschwungenen Hüften und den rauen Jeansstoff ihrer Hose an ihren nackten Beinen spüren konnte. Sie knabberte an Ingrids warmer Unterlippe und seufzte glücklich, als Ingrid den Kuss erwiderte.

Langsam ging Ulrike in kleinen Schritten rückwärts und zog Ingrid mit sich ins Schlafzimmer. Ohne den Kuss zu unterbrechen, ließ sie ihre Hände über Ingrids Rücken streifen und seufzte glücklich, als Ingrid ihre Arme um ihren Oberkörper schloss. Ulrike zog sie sachte immer weiter hinein in das Halbdunkel, bis sie mit den Kniekehlen gegen den Bettrahmen stieß.

»Komm zurück ins Bett, meine Süße«, murmelte Ulrike an Ingrids Lippen. »Lass uns feiern und den freien Tag gemeinsam genießen.«

Nachdem sie heute frei hatte, konnte sich Ulrike nichts Schöneres vorstellen, als mit Ingrid, die ihr gerade einen Heiratsantrag gemacht hatte, ins Bett zurückzukehren. Die Rosen genießen und die Hochzeit planen konnten sie auch noch morgen. Heute würde sie feiern, dass Ingrid endlich Ja gesagt hatte. Ja, zu ihr und ja zu ihrem gemeinsamen Leben.

ENDE

Melde dich zu meinem Newsletter an.

- Erfahre zuerst von Neuerscheinungen.
- Hintergrundinformationen zu den Geschichten.
- Einen Blick hinter die Kulissen

Anmelden unter: www.elarafleur.de

Weitere Bücher

Romane

Herz aus roten Rosen

Collections

Sapphische Silvesterliebe (Dezember 2023)

Kurzgeschichten

Leonischer Liebesbeweis (November 2023)